CAROL MARINELLI

L'assistante d'un Grec

W0372152

Traduction française de
ÉLISABETH MARZIN

AZUR

HARLEQUIN

Collection : Azur

Titre original :
FORBIDDEN TO THE POWERFUL GREEK

© 2022, Carol Marinelli.
© 2022, HarperCollins France pour la traduction française.

Ce livre est publié avec l'autorisation de HARLEQUIN BOOKS S.A.

Tous droits réservés, y compris le droit de reproduction de tout ou partie de l'ouvrage, sous quelque forme que ce soit.
Toute représentation ou reproduction, par quelque procédé que ce soit, constituerait une contrefaçon sanctionnée par les articles 425 et suivants du Code pénal.

Si vous achetez ce livre privé de tout ou partie de sa couverture, nous vous signalons qu'il est en vente irrégulière. Il est considéré comme « invendu » et l'éditeur comme l'auteur n'ont reçu aucun paiement pour ce livre « détérioré ».

Cette œuvre est une œuvre de fiction. Les noms propres, les personnages, les lieux, les intrigues sont soit le fruit de l'imagination de l'auteur, soit utilisés dans le cadre d'une œuvre de fiction. Toute ressemblance avec des personnes réelles, vivantes ou décédées, des entreprises, des événements ou des lieux serait une pure coïncidence.

Le visuel de couverture est reproduit avec l'autorisation de :

HARLEQUIN BOOKS S.A.

Tous droits réservés.

HARPERCOLLINS FRANCE
83-85, boulevard Vincent-Auriol, 75646 PARIS CEDEX 13
Service Lectrices — Tél. : 01 45 82 47 47 - www.harlequin.fr
ISBN 978-2-2804-7544-0 — ISSN 0993-4448

Composé et édité par HarperCollins France.
Imprimé en juin 2022 par CPI Black Print (Barcelone)
en utilisant 100% d'électricité renouvelable.
Dépôt légal : juillet 2022.

FSC
www.fsc.org
MIXTE
Papier issu de sources responsables
FSC® C159065

Pour limiter l'empreinte environnementale de ses livres, HarperCollins France s'engage à n'utiliser que du papier fabriqué à partir de bois provenant de forêts gérées durablement et de manière responsable.

Prologue

— Qu'est-ce qu'ils t'ont encore fait ?

Presque trente ans plus tôt, en arrivant à la maison perchée sur les hauteurs de l'île grecque d'Anapliro, Galen Pallas, alors âgé de six ans, avait perçu le découragement dans la voix de sa *yaya*. Ses cheveux noirs très courts étaient pleins de boue, son visage tuméfié, et ses vêtements déchirés. Une fois de plus, il avait eu des problèmes. Et apparemment, une fois de plus, tout était sa faute. Quand elle avait su pourquoi les autres garçons s'étaient de nouveau acharnés contre lui, sa *yaya* s'était mise en colère.

— Galen, tu ne peux pas dire à ton institutrice qu'elle a grossi pendant les vacances !

— Mais c'est vrai ! Elle a drôlement grossi !

Sa *yaya* avait levé les yeux au ciel en marmonnant des prières.

— Galen, parfois il faut savoir se taire. Ou même mentir un peu. Tu ne peux pas dire tout ce qui te passe par la tête. Tu vexes les gens.

La table était mise, et elle avait posé un plat dessus. Pendant la prière, Galen avait fermé les yeux comme il se devait, mais il avait l'esprit ailleurs. Quand ils avaient commencé à manger, il avait insisté :

— De toute façon, c'est à l'institutrice que j'ai dit ça, pas aux garçons. Et si moi on me vexait, je ne répondrais pas par des coups ou des insultes.

Les autres garçons se moquaient de lui tous les jours ! Ils le traitaient de *rompot*, robot, parce qu'il n'était pas communicatif. Et ils riaient de lui parce qu'il habitait sur la colline avec sa *treli yaya*, comme ils disaient. Non, sa *yaya* n'était pas folle. Si elle pleurait à l'église et même parfois dans la rue, c'était parce qu'elle avait du chagrin.

La grand-mère de Galen avait perdu son mari avant la naissance de son petit-fils. Et quelques années plus tard, elle avait perdu sa fille et son gendre, les parents de Galen, dans un accident de voiture dont le petit garçon, âgé de deux ans, était sorti indemne. Elle était restée seule pour l'élever et, comme elle le lui disait souvent, ce n'était pas une tâche facile. Ce soir-là, Galen avait vu la main de sa *yaya* trembler quand elle avait pris son verre d'eau. Il s'en était terriblement voulu de lui causer autant de soucis.

— Galen, il faut toujours réfléchir avant de parler, *toujours*. Tu as envie de bien t'entendre avec les gens, non ?

Enfant et, plus tard, adolescent, il n'avait jamais été accepté. Oh ! mais depuis qu'il était adulte… Son intelligence supérieure et ses idées en or avaient convaincu les gens qu'il était plus sage et très rentable de bien s'entendre avec lui.

1.

Kristina, l'assistante de Galen, posa un grand gobelet de café sur son bureau. Comme à son habitude, il était absorbé dans son travail et il ne réagit pas.

— Désolée de vous interrompre, mais Costa n'arrête pas d'appeler. Il dit que vous aviez rendez-vous avec lui et Leo pour dîner chez V.

Le restaurant se trouvait en face du bureau de Galen sur la place Kolonaki, au centre du quartier du même nom, un des plus chics d'Athènes. Costa et lui avaient d'abord acheté un minuscule espace dans l'immeuble qui aujourd'hui leur appartenait et abritait les sièges de leurs entreprises respectives. Costa était à la tête d'un empire immobilier, tandis que Galen dirigeait une société d'informatique. Et il se trouvait qu'il avait un travail fou.

— Je lui ai dit que je ne pouvais pas y aller. Oh ! Kristina, ajouta-t-il alors que son assistante s'éloignait. La maison de retraite a appelé ce matin au sujet du nouveau traitement ?

— Oui. C'est sur le rapport.

— Je viens juste de le voir.

Galen réprima un soupir. Si Kristina lui avait parlé de cet appel, il serait allé voir sa grand-mère. Certes, il avait insisté pour ne pas être dérangé. Malgré tout…

— Prévenez-moi systématiquement quand les appels concernent le traitement.

— C'est noté.

La voix fatiguée de Kristina rappela à Galen qu'elle était en fin de grossesse.

— Vous voulez rentrer chez vous ?

— Je n'ai pas besoin qu'on m'accorde des faveurs.

— Ce n'est pas une faveur. Nous avons un week-end chargé en perspective, et je veux que vous soyez pleinement opérationnelle.

Galen était brillant intellectuellement et superbe physiquement. Grand, brun, yeux noisette et corps d'athlète. Et toujours d'une élégance irréprochable. Même s'il n'attachait pas d'importance à la mode. Il avait des choses plus importantes en tête. La programmation. La nourriture. Le sexe. La plupart du temps, il n'y avait que la programmation… En dehors des développeurs, analystes quantitatifs et autres programmeurs, il pouvait compter sur une petite armée hyper dynamique qui se démenait jour et nuit afin que lui-même et son équipe puissent se concentrer sur le développement.

Un coup bref fut frappé à la porte, mais il ne leva pas les yeux de son écran.

— Galen.

La voix de Costa lui arracha un soupir.

— Quoi ? J'ai déjà dit que je ne pouvais pas venir…

Quoique… il avait tout de même un peu faim…

— Ou alors pour manger quelque chose en vitesse.

— Galen, il est presque minuit.

— Oh.

Chez V ne vendait pas de plats à emporter, mais pour certains clients il faisait une exception. Costa posa une barquette sur le bureau.

— Tiens.

— Merci.

— Comment ça marche ? demanda Costa.

— Quelle version de la réponse veux-tu ? La détaillée ou la résumée ?

Galen était parfaitement conscient de l'incompréhension

qui se lisait dans les yeux des gens quand il commençait à parler de son travail.

— Je ne comprendrais ni l'une ni l'autre, reconnut Costa. Juste l'idée générale ?

— Eh bien, les premières ICO se sont bien passées…

— Tu m'as déjà perdu.

— Les *Initial Coin Offerings*, ou offres initiales de jetons, si tu préfères…

Inutile de poursuivre, Costa avait déjà décroché… Galen mordit dans le wrap qu'il s'était confectionné avec une pitta et le contenu de la barquette, puis il arqua les sourcils en voyant Costa sortir d'un sac une bouteille de champagne et deux flûtes.

— En quel honneur ? Tu as l'intention de me faire une déclaration d'amour ? plaisanta-t-il alors que Costa faisait sauter le bouchon. Parce que, si c'est ça, il va falloir attendre. J'ai besoin d'avoir les idées claires pour travailler.

— J'ai une grande nouvelle à t'annoncer. Mary et moi nous nous marions.

— Mary ?

Galen plissa le front. Il avait du mal à suivre les multiples épisodes de la vie amoureuse de Costa, mais Mary était la dernière maîtresse en date.

— Tu es sérieux ? Vous venez à peine de vous rencontrer…

Il était plus que perplexe. Et ça n'avait rien à voir avec son propre point de vue sur le mariage. Simplement, Costa n'était pas du genre à se ranger. Malgré son envie de se remettre au travail, Galen réfréna son impatience et leva sa flûte.

— *Yamas*…

— *Yamas*. Galen, j'aimerais que tu sois mon *koumbaros*.

— Moi ?

Costa lui demandait d'être son témoin ?

— Ça implique de faire des discours et…

— Oui. Faire des discours, danser, bavarder et tout ce que tu détestes, acquiesça Costa en souriant. On se connaît depuis toujours. Bien avant tout ça…

D'un geste, il indiqua le luxueux décor.

— C'est évident que ça doit être toi.

— Eh bien… merci.

À la fois abasourdi et flatté, Galen ne pouvait s'empêcher d'être également un peu sur ses gardes. C'était Costa, après tout !

— Mary est anglaise, c'est ça ?

— Oui.

— Tu vas te marier là-bas ?

— C'est encore un peu flou, répondit Costa en jouant avec le bouchon de champagne. Je voudrais que le service soit célébré dans mon hôtel de Londres. Le père de Mary est en prison là-bas. J'essaie de lui faire obtenir une permission de sortie pour faire la surprise à Mary.

— J'ai un bon avocat en Angleterre…

— J'ai déjà pris contact avec lui. Le plan, c'est donc de se marier à Londres, de passer autant de temps que possible avec le père de Mary, puis d'aller à Anapliro pour une bénédiction et la réception.

Le seul fait d'entendre le nom de l'île noua l'estomac de Galen. Il l'avait quittée à l'adolescence et il y était retourné régulièrement pour voir sa grand-mère. Mais depuis des années, elle se trouvait dans une maison de retraite à Athènes. Il n'avait aucune raison ni aucune envie de retourner à Anapliro. Il détestait cet endroit. Cependant, il fallait qu'il s'occupe de la maison familiale qui devait commencer à tomber en ruines. C'était une corvée qu'il remettait sans cesse à plus tard. Après tout, ce mariage pourrait être l'occasion de commencer les démarches.

— Une grande réception à Anapliro, donc, commenta-t-il.

— Non. Sans le père de Mary, c'est exclu. Nous ne serons que douze. Toi, moi, Mary, Leo et Deacon. Yolanda, bien sûr, ajouta Costa en parlant de sa mère. La personne avec qui tu viendras…

— Je serai seul.

Dire qu'ils étaient en train de discuter du mariage de Costa… Galen n'en revenait toujours pas. Les deux hommes étaient des célibataires convaincus, bien que de manière différente.

Costa enchaînait les aventures et il empruntait son assistante à Galen pour la réservation du premier rendez-vous et l'envoi de bouquet lors de la rupture. Quant à Galen… Pour résumer, il estimait que les fleurs étaient superflues puisque ses relations étaient strictement sexuelles. Ce qu'on pouvait trouver glaçant, mais c'était un point de vue que ni lui ni ses partenaires ne partageaient. Son téléphone se mit à vibrer.

— Je croyais que tes appels étaient transférés vers le numéro de Kristina, dit Costa. J'ai essayé de te joindre toute la soirée…

Sans donner d'explications, Galen lut le message. Il provenait d'une de ses maîtresses.

On se voit tout à l'heure ?

Il répondit aussitôt.

Ce soir je ne peux pas.

Il ajouta un émoji triste à son message. Il reçut le même en retour. Sa vie sexuelle était aussi délicieusement simple que ça. Il reporta son attention sur Costa, qui semblait avoir tout prévu.

— Je vais offenser beaucoup de gens en restreignant le nombre d'invités à la réception. Mais il y aura une grande fête sur la plage pour tous les habitants de l'île…

Galen haussa les épaules.

— Tu n'es pas obligé de faire plaisir à tout le monde. De toute façon, à Anapliro c'est une tâche impossible.

— Oui, mais, vu que je n'ai pas coupé les ponts comme toi, je suis obligé de ménager les habitants.

Costa avait créé sur l'île un luxueux centre de thalassothérapie. Autrefois pauvre et isolée, Anapliro était devenue une destination chic très prisée.

— Tu n'as toujours pas vu le centre.

— Je sais, répliqua Galen.

Il y avait longtemps que Costa insistait pour qu'il fasse un saut à Anapliro, mais à son grand soulagement il avait toujours eu trop de travail. Il réprima un soupir. Oui, il était temps qu'il fasse le voyage. Et bien sûr, il était hors de question de rater le mariage de Costa uniquement parce qu'il détestait l'île.

— Quelle date as-tu en tête ? Il faut que je m'arrange pour avoir réglé tous…

— Le mariage a lieu samedi.

— Pardon ?

Galen avait appris depuis longtemps à ne pas dire la première chose qui lui venait à l'esprit. En l'occurrence : *c'est impossible !*

— Oui, samedi. Nous prenons l'avion pour Londres demain, le mariage sera célébré le lendemain matin et nous partirons pour Anapliro dans l'après-midi. Je sais que je te préviens un peu tard…

Un peu tard ? Galen était effaré. Il ne pouvait en aucun cas se libérer samedi ! C'était justement le jour où il devait faire une annonce de partenariat de la plus haute importance. Et il y avait des mises à jour du système à lancer et à surveiller. D'ici samedi, chaque heure comptait. Même le sexe était remis à plus tard ! Certes, il ne s'attendait pas à ce que Costa organise son mariage en fonction de son emploi du temps surchargé, mais tout de même… son ami savait que les prochains jours étaient très importants pour lui !

— Galen, reprit Costa après un silence, je sais que le moment est particulièrement mal choisi pour toi, mais il y a une bonne raison pour que le mariage soit aussi précipité. Un événement… préoccupant. Mais ça ne me concerne pas directement, et je ne peux pas en parler…

— Pas de problème, assura Galen avec sincérité.

Il ne supportait pas l'indiscrétion et ne se mêlait jamais des affaires des autres.

— Je tiens vraiment à ce que tu sois là, ajouta Costa.

Galen réprima un soupir. Pour de multiples raisons, il ne pouvait pas se libérer, et pourtant… Avec Costa, ça remontait à très loin. Avec Leo Arati également. Ils avaient réussi brillamment tous les trois, mais ils n'avaient pas toujours vécu des années aussi prospères. Ils avaient un passé commun que seuls les gens originaires d'Anapliro pouvaient comprendre. Se conformer ou souffrir. C'était la devise implicite d'Anapliro. Chacun d'eux à sa manière avait refusé de se conformer et en avait souffert. Si vous ne faisiez pas partie des petits durs ou si nous n'aviez pas la cote… si vous étiez différent en quoi que ce soit… votre vie était un enfer.

Le père de Costa était parti quand Yolanda était tombée malade, et le divorce de ses parents avait été le premier de l'île. Leo avait subi des tas d'humiliations. Soi-disant pour sa petite taille, mais en réalité pour ses manières efféminées. Quant à lui… Ils étaient des amis improbables, peut-être, mais des amis tout de même. C'était important.

— Tu sais bien que je serai là… Je vais envoyer un message à Kristina pour qu'elle organise…

— Tout est organisé, déclara Costa. Les vols et tout le reste. Tu as une suite réservée à Londres, et une autre à Anapliro. La suite Temple, la plus luxueuse du centre. Leo et Deacon auront droit à la suite Nuptiale.

— Je suis sûr qu'ils apprécieront.

Dès que Costa eut quitté son bureau, Galen envoya des messages urgents à Joe et à son équipe de développeurs pour les convoquer à une réunion de travail le lendemain matin à la première heure. Puis, malgré l'heure tardive, il écrit aussi à Kristina pour qu'elle transmette les instructions habituelles à l'hôtel de Londres et au centre de thalassothérapie d'Anapliro. Par ailleurs, en ce qui concernait Anapliro…

Demandez-leur surtout de prévoir une bonne connexion Internet !

Son annonce de samedi n'était pas seulement importante. Elle avait été programmée ce jour-là pour avoir un impact maximum. Tout avait été pris en compte… sauf un mariage de dernière minute !

2.

Roula Drakos se le répétait tous les jours. Elle avait sans doute le plus beau cadre de travail du monde.

Souvent elle s'interrompait pour admirer le spectacle toujours renouvelé du ciel qui se fondait dans la mer Égée. Elle travaillait depuis cinq ans au centre, mais la splendeur du lieu la fascinait encore comme au premier jour. Toutefois, aujourd'hui, pas question de faire la moindre pause.

Elle gagna la réception d'un pas décidé et entra dans son bureau. S'asseyant pour la première fois de la journée depuis son arrivée, Roula Drakos, responsable du service client, récupéra sa liste de tâches parmi les nombreux papiers qui encombraient son bureau. Elle écarta une mèche cuivrée de ses yeux puis, tout en croquant un carré de son chocolat noir favori, elle consulta les requêtes des clients pour s'assurer que toutes avaient été satisfaites. À la vue du nom d'un vieil ami, elle sourit.

Galen Pallas, plus une personne

Anapliro ayant été autrefois un endroit très pauvre, les visages familiers étaient rares parmi les clients. Les gens de l'île partis s'installer ailleurs revenaient souvent, mais très peu avaient les moyens de séjourner au centre de thalassothérapie. Leo Arati était un créateur de mode renommé et il venait souvent, mais Galen… non. Elle savait qu'il était ami avec Costa, le propriétaire du centre, mais elle ne l'avait pas vu depuis… dix-neuf ans ! Galen avait plusieurs années de plus qu'elle, mais il avait toujours été incroyablement gentil avec elle. Elle s'appelait Roula Kyrios, à l'époque. Il y avait vraiment une éternité…

La réceptionniste frappa à la porte ouverte.

— Roula, ils quittent Thira à l'instant.

— Merci. Et ici, pas de problèmes ?

— Mia est un peu…

Stephanie eut un geste de la main indiquant que la chef de cuisine du centre avait sa crise d'angoisse pré-réception habituelle.

— Rien de neuf, donc, commenta Roula en haussant les épaules.

Au cours des dernières trente-six heures – depuis que Costa avait annoncé qu'il se mariait au centre –, elle avait fait de son mieux pour calmer les membres du personnel en leur rappelant que, même si le marié était également leur patron et que le délai était un peu juste, ce n'était qu'un mariage haut de gamme de plus. Anapliro étant devenue une destination très prisée, le centre était souvent choisi pour leur mariage par des clients prestigieux – membres de familles royales, hommes d'affaires milliardaires ou stars internationales.

— Je finis cette mise à jour et ensuite j'irai faire un tour en cuisine, ajouta-t-elle.

— Merci.

D'ordinaire Roula ne travaillait pas en solo, mais il se trouvait que Yolanda, la directrice du centre, était également la mère du marié. Quant à Beatrice, la coordinatrice des mariages, elle supervisait le déroulement des réjouissances londoniennes. Aujourd'hui Roula avait plusieurs casquettes. Professionnellement imperméable au stress, dynamique, affable et très efficace, elle était toute dévouée à la clientèle. Ce qui expliquait pourquoi elle était responsable du service client après avoir grimpé les échelons pendant les cinq années écoulées depuis la mort de son mari. Elle avait à présent l'intention de devenir directrice de la relation client. Un poste qui, comme l'avait souligné Yolanda, n'existait pas… Pour l'instant !

Son personnage professionnel était de loin le plus confortable. Ici, elle contrôlait parfaitement la situation. Son épaisse chevelure cuivrée était attachée, son maquillage subtil et ses ongles recouverts d'une couche de vernis neutre comme le voulait le règlement. Son uniforme était constitué d'un tailleur de lin écru et d'un corsage clair, qu'elle portait avec des escarpins à talons ou des ballerines, selon les circonstances. Les perles requises ornaient ses oreilles, et elle portait avec fierté le badge à son nom. Plutôt mince, elle était pourtant beaucoup moins à l'aise dans l'intimité de sa salle de bains. Elle ne supportait pas d'être nue, si bien qu'elle restait très peu de temps sous la douche et enfilait tout de suite après une culotte montante et deux soutiens-gorge de sport destinés à aplatir sa poitrine généreuse. Alors qu'elle mettait à jour les données concernant l'état des suites, son regard se posa brièvement sur son alliance. Ce n'était bien sûr pas le règlement du centre qui lui imposait de la porter… mais une règle non écrite en vigueur sur Anapliro. Il n'était pas question qu'elle l'enlève. Des sourcils s'étaient déjà froncés quand elle avait cessé de porter du noir un an après la mort de Dimitrios. Elle constata que le sparadrap de son pouce s'effilochait, et elle en prit un autre dans le tiroir pour le remplacer. Elle qui pensait s'être débarrassée de son habitude de se ronger les ongles… Depuis son vingt-neuvième anniversaire, elle l'avait reprise.

— Roula ! C'est un désastre !

Mia fit irruption dans le bureau.

Les deux femmes avaient été très liées pendant leur enfance et leur adolescence, mais au grand dam de Mia elles n'étaient plus aussi proches. Cependant, toujours très professionnelle, Roula lui servit un verre d'eau et lui indiqua un siège.

— Je n'ai pas le temps de m'asseoir.

— Je suis sûre que ton équipe maîtrise parfaitement la situation…

— Comment maîtriser la situation quand on a été prévenu d'un mariage seulement trente-six heures à l'avance ?

— Crois-moi, je compatis, commenta Roula en roulant les yeux. Allez, tu peux prendre deux minutes.

— C'est notre patron ! C'est le repas le plus important de toute ma carrière…

— C'est Costa. Nous étions à l'école avec lui. Il aime les burgers… Il commande des *slouvakis* à minuit au cabanon de la plage des touristes.

Mia finit par s'asseoir.

— Oui, c'est vrai… Mais ses invités sont tous des VIP et…

— Leo ? Allons, Mia… Oui, aujourd'hui il est célèbre. Mais nous déjeunons souvent avec lui à Santorin. C'est un ami, et de toute façon j'ai fait le nécessaire pour qu'il ne risque pas de manquer de son alcool favori.

— Il y a aussi Galen Pallas…

— Tu crois vraiment que Galen va causer des problèmes ?

— C'est devenu un homme d'affaires méga important !

— Oh ! je t'en prie, ce n'est pas parce qu'il a inventé ce jeu vidéo auquel jouent mes nièces…

— Il fait des tas d'autres choses ! C'est un gourou de la high-tech. Il est vraiment très puissant et…

— Arrête. Je me souviens de Galen à l'époque où il considérait la confiture comme un luxe. Tu n'as vraiment pas à t'inquiéter à cause de lui. Mia, tu as été primée un nombre incalculable de fois et tu as cuisiné pour les plus grandes stars du monde. Tu es plus que capable de préparer un repas de mariage pour douze.

— Alors pourquoi Costa n'a-t-il pas voulu que je m'occupe de la nourriture pour la fête sur la plage ?

— C'est un barbecue. Toute l'île est invitée, et il veut que tu y participes en tant qu'invitée toi aussi. Que tu laisses ta cuisine aux chefs de Santorin et que tu t'amuses. Concentre-toi sur le déjeuner et prévois juste des mezzés à grignoter après le barbecue pour les proches des mariés.

— Mon Dieu, comment fais-tu, Roula ? Tu restes toujours tellement calme…

— Ça fait partie de mon travail, répliqua Roula.

Et elle avait découvert qu'elle était très douée pour ça.

Après un silence, Mia demanda :

— Tu as su que c'était le mariage de Costa avant tout le monde, n'est-ce pas ?

— Je l'ai su un peu avant, oui. Mais c'était confidentiel.

— Et tu n'as pas pensé à me le dire ? Je suis censée être ta meilleure amie !

— Ne mélangeons pas la vie privée et le travail.

— Mais en dehors du travail c'est pareil ! Tu ne me parles plus jamais de rien. Avant nous nous disions tout. Roula, ton mariage a été ma première grande réception…

— Je sais.

— Il y a cinq ans que Dimitrios est mort !

Mia s'était levée et elle criait presque.

— J'ai été patiente, mais tu continues à m'exclure de…

— Mia, pas maintenant.

— Écoute, je ne dis pas que je peux savoir ce que tu ressens, mais Dimitrios était mon cousin et je l'aimais moi aussi. Avant tu me parlais, Roula… Nous nous disions tout !

Roula resta impassible. Non, pas tout. Surtout au sujet de son mari… Personne ne la connaissait réellement. Parce que, malgré le sourire affable et la sérénité qu'elle affichait au travail, elle était brisée. Et son repli sur elle-même datait de bien avant la mort de Dimitrios.

Roula avait prévu de terminer ses études secondaires, puis d'aller à l'université à Athènes si ses notes le lui permettaient. Mais un jour, quand elle était arrivée chez elle après les cours, on lui avait annoncé qu'elle allait épouser Dimitrios Drakos, jeune homme très apprécié sur l'île et plein de charme, qui possédait son propre bateau de pêche et dont les parents leur offriraient une maison en bord de mer. Quand elle s'était mise à pleurer, sa mère était venue lui parler. *Pappa* était très malade, avait-elle expliqué. Et son vœu le plus cher était de l'accompagner à l'église pour son mariage avant de mourir. Il voulait être sûr que sa fille aurait une vie confortable quand il ne serait plus là et il avait fait un choix judicieux. Elle était si naïve et innocente à l'époque… « Une fois par semaine pour qu'il soit satisfait. » C'était à cela que s'était résumée son éducation sexuelle.

Lors de la nuit de noces, elle était restée éveillée dans le lit pendant que Dimitrios ronflait. Elle avait écouté le bruit des vagues, mais il ne lui avait pas apporté l'apaisement. Elle était en état de choc, et la douleur ne s'estompait pas. Jamais elle ne s'était sentie aussi mal de sa vie. Même le chant des oiseaux saluant le lever du jour ne l'avait pas réconfortée. Elle n'avait qu'une seule consolation. C'était fait, ce qui signifiait qu'elle était tranquille pour une semaine. Mais Dimitrios s'était réveillé, il avait retroussé sa chemise de nuit et il l'avait refait avant de partir à la pêche. Et à son retour, il l'avait fait encore une fois. Et encore et encore…

— Mia, ce n'est ni le moment ni le lieu appropriés pour discuter de nos vies personnelles…

— Ce n'est jamais le moment avec toi, Roula ! avait lancé Mia en se dirigeant vers la sortie d'un pas vif.

Expire lentement. Et maintenant, inspire… Roula enfouit son visage dans ses mains pendant quelques secondes. *Ça va aller. Tu as survécu à bien pire.* Un peu rassérénée, elle prit le petit cadre sur son bureau et lut le verset qu'elle aimait tant.

> JE VOUS DÉDOMMAGERAI POUR LES ANNÉES OÙ LES RÉCOLTES ONT ÉTÉ DÉVORÉES PAR LES SAUTERELLES.
>
> JOËL 2 :25

La promesse avait été tenue. Aujourd'hui elle vivait en paix et elle s'épanouissait dans son travail. Malheureusement… une découverte qu'elle avait faite récemment mettait en péril cet équilibre retrouvé. Pour l'instant, seuls les mariés étaient au courant. Mais bientôt la nouvelle ferait la une de la presse, et sa vie serait de nouveau bouleversée.

La mariée portait…

Roula mourait d'envie de le savoir, mais elle n'avait pas encore eu l'occasion de la voir. Le couple et leurs invités étaient allés directement de l'église à la salle de réception. Et pendant que le déjeuner était servi, elle avait été accaparée par la préparation de la fête sur la plage. Mais maintenant, elle allait peut-être enfin apercevoir la mariée. Roula resta en retrait dans le passage voûté qui donnait accès à la petite salle de réception, attendant Beatrice avec qui elle devait se concerter pour la suite du programme. Moins vaste que les autres, cette pièce parfaite pour les événements intimes avait été aménagée à l'emplacement d'un ancien péristyle ouvert sur l'extérieur, en mettant en valeur les quelques colonnes restées debout. Lorsqu'elles étaient enfants, longtemps avant la construction du centre, Roula et Mia jouaient à cache-cache à cet endroit précis. De grandes baies vitrées offraient une vue panoramique sur la mer et la falaise. Dans la journée elles étaient légèrement teintées pour atténuer l'éclat du soleil, mais une fois la nuit tombée – si le ciel restait dégagé – la pièce serait enveloppée dans une féerie d'étoiles.

— Encore un petit quart d'heure, murmura un serveur. Le *koumbaros* est en train de conclure.

À cet instant, Roula entendit une voix. Profonde, chaude. La voix de Galen. Elle aurait bien aimé avancer, faire un pas dans la salle pour jeter un coup d'œil à son vieil ami… mais il n'en était pas question, bien sûr. Elle tendit l'oreille.

— J'avais prévenu Costa que je suis la personne la moins indiquée pour ce rôle. Je ne suis pas doué pour les mots d'esprit et encore moins pour les grands discours…

— C'est bien pour ça que je t'ai choisi, plaisanta Costa, déclenchant des rires.

Galen reprit d'un ton malicieux :

— Mary, si par moments tu es à bout de nerfs, sache que tu n'es pas seule. Si un jour tu as besoin de quelqu'un à qui parler, je serai là. Il faut une patience infinie pour supporter Costa. Pour être franc, j'ai souvent songé à mettre fin à mon amitié avec lui. Un feu de cuisine peut ne pas sembler une raison suffisante, cependant j'étais à l'étranger ce soir-là et je n'avais pas encore passé une seule nuit dans mon nouvel appartement. Je ne savais pas non plus qu'un réveillon de la Saint-Sylvestre s'y déroulait… Mais le pire c'est que Costa a essayé de passer une couche de peinture sur les dégâts. Quand tu rentreras de ta lune de miel, je t'invite à venir voir le résultat de tes propres yeux.

Plusieurs éclats de rire fusèrent, et Roula sourit.

— Malgré tout, poursuivit Galen, à chaque fois que je suis au bord de la rupture, je réfléchis et je suis bien obligé de reconnaître qu'il n'y a pas plus loyal, plus généreux, plus…

Roula n'entendit pas la suite. Beatrice venait de la rejoindre.

— Yolanda commence à trouver le temps long. Elle m'a demandé si tu pouvais lui préparer un lit…

— Bien sûr.

Roula n'avait pas besoin de davantage d'explications. Yolanda était atteinte de sclérose en plaques. La fatigue de l'aller-retour à Londres et des différentes réjouissances devait commencer à se faire sentir, même si elle était déterminée à ne rien laisser paraître. Il serait sage en effet qu'elle prenne du repos pendant la pause entre la fin du déjeuner et la fête sur la plage. Roula s'éclipsa. Lorsque Yolanda arriva à la réception du centre un moment plus tard, un lit l'attendait dans un bureau où un espace avait été libéré pour accueillir également son fauteuil roulant électrique.

— Repose-toi, dit Roula en fermant doucement la porte.

La voix sonore de Stephanie la fit tressaillir.

— La suite Nuptiale réclame une bouteille d'absinthe !

— Chut ! Yolanda se repose… Ils en ont déjà une, je l'ai mise moi-même dans le bar. Je vais appeler Leo, dit Roula en gagnant son bureau.

— Roula, tu y as pensé ! s'exclama Leo d'un ton joyeux en guise de salut. Tu es un chou !

Bien, il venait de trouver la bouteille… Après avoir raccroché, Roula croqua deux carrés de chocolat. Elle n'avait pas eu le temps de déjeuner ni de faire la moindre pause. Stephanie prit un autre appel et raccrocha en roulant des yeux.

— La suite Temple. *Pas* satisfait.

Roula arqua les sourcils avec perplexité. Ça alors… S'il y avait un invité dont elle n'attendait pas de réclamations, c'était bien lui.

— A-t-il dit pourquoi ?

— Pas à une employée subalterne comme moi. Il veut voir la direction. « Immédiatement ! » Je lui ai dit que la responsable du service client arrivait.

Roula arqua les sourcils. Ça ne ressemblait pas du tout au Galen qu'elle avait connu autrefois. Mais son rôle c'était d'anticiper… Qu'est-ce qui pouvait contrarier un génie de l'informatique ? Elle prit un étui noir dans son tiroir et quitta son bureau en se remémorant des jours très anciens. Oh ! comme elle avait détesté l'école au début ! Elle avait détesté ! Le bruit, les moqueries à cause de ses cheveux roux, les jeux dont elle était exclue… Il y avait trop de monde, ça lui faisait tellement peur. Et elle avait commencé à mouiller sa culotte. Mortifiant. La première fois c'était pendant la récréation. La deuxième fois, en classe. Les autres élèves avaient hurlé de rire, et l'institutrice l'avait réprimandée avant de l'envoyer se changer.

— Roula Kyrios, il faut que ça cesse !

Elle aurait tellement aimé que ça cesse… À son retour des toilettes, elle était dans le couloir, morte de honte à l'idée de rentrer en classe, quand elle avait senti les larmes prêtes à couler. Sachant que, si elle pleurait, les autres se moqueraient encore plus d'elle, elle avait pris une profonde inspiration et serré les poings très fort. Elle regardait en l'air en luttant pour ne pas sangloter quand elle avait entendu sa voix.

— Ne t'inquiète pas. Ça va bien se passer.

Elle avait sursauté parce qu'elle se croyait seule dans le couloir. Apparemment Galen Pallas avait été exclu de sa classe.

— Je n'ai pas envie d'y retourner, avait-elle reconnu.

— Je sais. Mais tu es courageuse.

— Non.

— Je trouve que si.

Et parce que le garçon le plus intelligent de toute l'école

l'avait considérée comme courageuse, elle l'était en quelque sorte devenue. Du moins assez pour rentrer dans sa classe. Assez pour que, quelques années plus tard alors qu'il avait été roué de coups une fois de plus par les autres garçons et que son goûter avait été jeté par terre et piétiné, elle eût laissé tomber le petit groupe d'amis avec qui elle mangeait pour le rejoindre et lui proposer de partager le sien.

— Non ! avait-il répondu d'un ton vif sans lever la tête.

Il était assis dans l'herbe, les genoux pliés, la tête baissée. Mais après un silence, il avait ajouté :

— Merci quand même.

— S'il te plaît, avait-elle insisté. Je déteste la confiture de figues.

Ce qui était faux. En réalité, c'était sa confiture préférée.

— Va rejoindre tes copines, sinon elles vont se moquer de toi parce que tu me parles.

— Ça m'est égal. Je suis désolée pour ce que Nemo t'a fait.

Galen avait levé la tête. Un de ses yeux était tuméfié, et sa lèvre saignait.

— Ton frère n'était pas tout seul.

Par la suite, il lui était de nouveau arrivé de partager son goûter avec lui pendant qu'il l'aidait à résoudre ses problèmes de maths. Elle avait pris l'habitude de ne demander à sa mère que de la confiture de figues sur son pain. Bien sûr, au fil des ans, il avait grandi et elle aussi. Elle était devenue amie pour la vie avec Mia et elle avait pris de l'assurance. Et puis un beau jour, elle avait appris qu'il avait quitté Anapliro. Il ne lui avait même pas dit au revoir…

Roula arbora un large sourire et frappa à la porte. Lorsque celle-ci s'ouvrit, son regard rencontra celui de deux yeux noisette qu'elle n'avait jamais oubliés. Mais à part les yeux, rien de familier chez l'homme qui lui faisait face. Le jeune garçon un peu gauche et dégingandé qu'elle avait croisé pour la dernière fois était devenu un homme athlétique. Ses cheveux de jais, toujours très courts autrefois, caressaient sa nuque et semblaient plus épais. Et alors qu'elle ne l'avait jamais vu que débraillé dans des vêtements confectionnés par sa grand-mère, il était d'une élégance irréprochable dans un costume sans doute sur mesure. Roula déglutit péniblement. Bien sûr qu'il avait changé après toutes ces années, quoi de plus normal ? Mais ce nouveau Galen d'une trentaine d'années lui faisait un effet auquel elle ne s'était pas attendue. Il était… séduisant. Oui, c'était bien le mot. Or il était tout à fait inhabituel pour elle de trouver un homme séduisant. Son téléphone à la main, vêtu d'un costume noir avec des fleurs à la boutonnière, d'une chemise blanche et d'une cravate argent, il ne semblait plus gauche du tout. C'était elle qui se sentait terriblement empruntée…

— Monsieur, je suis…

— La responsable du service client, termina Galen après un coup d'œil au badge de la jeune femme.

Il fit de son mieux pour rester patient malgré son agacement. Les badges l'horripilaient. Depuis toujours. Surtout quand la personne qui en portait un se présentait en citant le titre inscrit dessus… Et encore plus quand on l'avait déjà informé de la visite imminente de la responsable du service client. Il inspira profondément. Non seulement cette journée était un désastre, mais il avait été obligé de sourire sans interruption depuis l'aube… Il finit par lire le nom inscrit sur le badge à la suite du titre et il arqua les sourcils. Yeux couleur café et… Qui pourrait oublier cette chevelure ?

— Roula ?

— Oui. La respon…

— Roula Kyrios ?

— Drakos, maintenant.

— Vraiment ?

D'accord, pas la meilleure réaction… « Félicitations » aurait peut-être été plus approprié. Mariée ? Bien sûr, vivant ici… Avec Dimitrios Drakos ? Galen fouilla dans sa mémoire. Il ne l'avait pas fréquenté mais, si ses souvenirs étaient exacts, Dimitrios était un homme séduisant et très apprécié sur l'île. Quant à Roula… elle était d'une beauté incroy… Galen coupa court à cette pensée en jetant un coup d'œil à l'alliance qui ornait l'annulaire gauche de Roula.

— Que puis-je faire pour t'aider ? demanda-t-elle.

— Alors tu es la responsable du serv…

Galen réprima un juron. Allons bon, il n'allait pas s'y mettre lui aussi !

— Tu vis toujours ici ?

— Oui, acquiesça-t-elle avec un sourire patient. On m'a dit que tu voulais parler à la direction.

— Oui… Je n'arrive pas à me connecter à Internet. Je n'arrive même pas à passer un coup de téléphone.

— Il n'y a pas de réseau, ici. Ni mobile ni Internet.

— Pardon ?

— C'est un centre de thalassothérapie. Les gens viennent ici pour une cure de détox. Dans tous les domaines, y compris le numérique.

— Eh bien, moi je ne suis pas ici pour me désintoxiquer de quoi que ce soit. Je suis venu à un mariage dont j'ignorais tout jusqu'à jeudi soir.

— J'ai pensé que ça risquait de poser un problème et j'ai apporté le téléphone satellite, dit Roula en tendant à Galen un étui noir.

Un téléphone satellite ? Il s'exhorta à la patience.

— Une annonce très importante doit avoir lieu d'ici quelques minutes, et j'ai besoin de me connecter à Internet via un ordinateur. Je suis sûr que la villa de Costa en est équipée.

— Il faudrait voir ça avec lui. Les communications téléphoniques à l'intérieur du centre sont possibles, mais…

— Je l'appelle tout de suite !

— Appeler les jeunes mariés pour leur demander de passer les voir maintenant ? Costa va être ravi…

Galen s'immobilisa. Combien de temps pouvait durer une sieste post-mariage ?

— Combien de temps penses-tu qu'ils vont… ?

Roula interrompit cette question inappropriée d'un haussement de sourcils imperceptible. Une tactique qu'elle employait de temps en temps avec les clients difficiles. Et malheureusement, Galen semblait bien en être un…

— Roula, il est impératif que je me connecte à Internet *maintenant*. C'est forcément possible.

— Non.

Roula secoua la tête, et une longue boucle cuivrée s'échappa de son chignon. Fasciné malgré lui, Galen fut pris d'une envie irrésistible de caler cette mèche derrière son oreille. Il pourrait effleurer sa joue au passage et…

— Pardon ? dit-il, prenant conscience que Roula venait de lui parler et qu'il n'avait rien entendu.

— La seule chose que je peux faire, c'est te laisser mon bureau une fois que les invités seront partis sur la plage.

— Et pourquoi pas maintenant ?

— Je suis désolée, mais je peux en avoir besoin à tout instant. Tu comprendras que le bon déroulement de cette journée doit rester ma priorité. Y a-t-il autre chose que je puisse faire pour toi ?

— Oui. Tu n'as pas reçu les instructions que t'a envoyées mon assistante ?

— Les instructions ?

— Au sujet du linge de lit. Je le préfère uni.

Roula jeta un coup d'œil vers la chambre, au-delà des colonnes. La suite Temple était la plus somptueuse du centre. Elle disposait de sa propre piscine couverte, et le décor de chaque pièce était d'un raffinement inégalé. Dans la chambre, le lit immense était situé sous une coupole de verre spectaculaire, et sa parure était confectionnée sur mesure dans du coton égyptien bleu orné d'étoiles *très* discrètes brodées à la main. Une création exclusive réservée à cette suite. Et Galen se plaignait !

— Je suis désolée, mais je ne les ai pas reçues.

Elle aurait aimé éviter des ennuis à l'assistante de Galen, mais non elle n'avait pas reçu ces instructions !

— Je crois que c'est Costa qui s'est chargé de toutes les réservations, ajouta-t-elle avec un sourire légèrement crispé.

— Mais j'avais envoyé un message à Kristina…
— Je suis désolée pour cette omission.
Son sourire disparut dès qu'elle eut quitté la suite.
Oh ! Galen, comme tu as changé !

3.

Mia était en panique depuis que les chefs de Santorin avaient pris le contrôle de sa cuisine. Réveiller Yolanda n'avait pas été une mince affaire. Elle était si fatiguée qu'elle avait eu besoin d'aide pour s'installer dans son fauteuil roulant. Et il avait fallu rappeler plusieurs fois à Leo Arati que la fête sur la plage était sur le point de commencer.

C'était comme un million de balles avec lesquelles il fallait jongler, mais Roula avait l'habitude. Son sourire professionnel aux lèvres, elle était sur la plage, prête à intervenir au moindre problème. Tout le monde étant invité, les chefs, les serveurs et les agents de sécurité avaient été recrutés à l'extérieur. Exceptionnellement, le centre fonctionnait pour quelques heures avec un personnel réduit au strict minimum. Soit Beatrice et Roula.

— Tatie Roula !

Les nièces de Dimitrios, deux adorables jumelles brunes aux yeux marron, se précipitèrent vers elle.

— On va bientôt se déguiser !

Une tente pleine de déguisements était prévue pour les enfants, qui auraient droit ensuite à une séance photo.

— Mais ils commencent à distribuer des numéros, et on va être les dernières…

— Oh ! vraiment ?

Roula sortit de sa poche deux jetons numérotés qu'elle tendit aux petites filles avec un sourire complice.

— On va être les premières ?

— Non, quand même pas. Ce serait injuste. Mais vous serez troisième et quatrième !

Tandis que les jumelles détalaient avec des cris joyeux, Roula fit signe à leur père. Stephanos, le beau-frère de Dimitrios, lui rendit son salut, puis il aida le bébé qu'il avait dans les bras à lui dire bonjour lui aussi. Roula eut un sourire attendri. Aussitôt suivi par un serrement de cœur. Elle expira lentement. Les paroles de Mia l'auraient-elles davantage secouée qu'elle ne le pensait ? À moins que ce ne soit la perspective de la révélation prochaine ? Pourrait-elle encore voir les jumelles quand tout le monde serait au courant ? Elle les aimait tant ces petites filles qu'elle avait vues naître… Roula prit pleinement conscience qu'elle vivait peut-être ses derniers jours à Anapliro. Une fois connue de tous, la vérité allait bouleverser sa vie.

Galen jouait consciencieusement son rôle de *koumbaros*. Il détestait se trouver au milieu d'une foule d'inconnus avec qui il était censé échanger des banalités, mais il souriait vaillamment et il bavardait du mieux qu'il pouvait. Tout en promenant son regard autour de lui. Il était impossible de ne pas trouver le centre fantastique, mais c'était vers la colline et le village perché au loin que ses yeux se tournaient sans cesse. Vers l'église où il restait silencieux pendant que sa *yaya* pleurait chaque semaine. Vers la route sinueuse et escarpée sur laquelle ses parents avaient perdu la vie.

— Vous devez voir beaucoup de changements, dit quelqu'un.

— Non.

Percevant la stupéfaction du petit groupe qui se trouvait près de lui, Galen ajouta :

— Bien sûr, le centre est extraordinaire. Je parlais du village.

— Mais il est complètement transformé, insista un homme. Il y a plein de cafés, de restaurants, de boutiques chics…

— C'est vrai, acquiesça Galen.

En réalité, il pensait à la ligne de faîte de la colline et à la route gravée si nettement dans sa mémoire qu'il pouvait presque voir le bus scolaire la grimper lentement.

— Des visages familiers ?

— Quelques-uns, répliqua Galen. Votre père était le receveur de la poste, n'est-ce pas ?

— Il l'est toujours. Enfin, il prend bientôt sa retraite, précisa l'homme. Hé, papa… tu te souviens de Galen ?

Le regard de Galen se détourna de nouveau, mais cette fois ce fut sur la plage qu'il se promena. Un peu à l'écart de la foule des invités, Roula parlait et riait avec deux petites filles.

— Pauvre Roula…, dit une femme en suivant son regard. Nous étions en train de dire que ça devait être dur pour elle aujourd'hui. C'était elle qui était promise à Costa…

Galen faillit s'esclaffer. Roula venait à peine d'entrer à l'école quand cet engagement ridicule avait été pris. Mais dans sa cupidité, la famille Kyrios avait changé d'avis quand Yolanda était tombée malade et que son mari l'avait quittée. *Minables.*

— Non, objecta le vieux receveur. Je vous l'ai dit, Dimitrios manque à Roula.

Galen comprit que sa surprise était flagrante quand le vieil homme ajouta à son adresse :

— Vous n'étiez pas au courant ?

Ce fut ainsi qu'il apprit que Roula était veuve.

— Quelle tristesse… Ils étaient si heureux… Vous savez…

Le receveur se pencha vers Galen en baissant la voix.

— Au bout de cinq ans, elle dort toujours sur le canapé. Je distribue les colis. Elle essaie de ne pas me laisser voir à l'intérieur, mais…

— Excusez-moi.

Arborant son sourire factice, Galen s'éloigna. Bon sang, comme il détestait cet endroit et tous ces colporteurs de ragots ! Pire que des hyènes autour d'une charogne. Il s'approcha d'un autre groupe, mais la conversation était du même acabit. La mariée était trop maigre… trop crampon… *très* chanceuse. Roula en faisait elle aussi les frais. Elle n'avait plus que son travail. Quel dommage qu'ils n'aient jamais eu d'enfants. Et ainsi de suite. Il haïssait cet endroit !

— Mon Dieu ! s'exclama Leo avec un soupir théâtral en rejoignant Galen. Je veux mourir !

— Content d'être de retour à Anapliro ? ironisa Galen.

— J'adore venir au centre, reconnut Leo. Mais d'habitude on y est à l'abri des gens d'ici et de mon épouvantable famille. Comment ça se passe, Galen ?

— Bien. C'est une journée agréable.

Pas question de médire. Jamais. Même entre amis. Et bien sûr, il y avait quand même des gens sympathiques. Mais c'était la malveillance dissimulée derrière certains sourires qui était répugnante. Les commentaires sournois… Galen jeta un coup d'œil à Roula. Le visage levé vers le ciel, elle semblait tendue… Il plissa le front. Comme ce jour… Ça faisait combien de temps ? Des dizaines d'années, peut-être… Ce jour où elle luttait de toutes ses forces pour retenir ses larmes dans le couloir de l'école avant de rentrer dans sa classe. Et à présent elle serrait les poings… Oui, pas de doute, elle était sur le point de pleurer. *Pas ici, Roula.* Il y avait déjà assez de flèches empoisonnées qui volaient de tous les côtés. Il imaginait déjà les commentaires si elle fondait en larmes devant tout le monde… Galen quitta Leo pour rejoindre Roula.

— Tu m'as dit que je pourrais avoir une connexion.

— Pardon ?

Roula écarquilla les yeux. Des yeux trop brillants… Il avait vu juste. Elle était au bord des larmes, et il fallait qu'elle s'en aille d'ici. *Maintenant.*

— Il faut que je me connecte à Internet, dit-il d'un ton vif. Et tu m'as dit que je pourrais…

— Bien sûr. Si tu veux bien me suivre…

Elle le conduisit jusqu'à la réception désertée, puis elle lui indiqua son bureau.

— Je t'en prie. Fais comme chez toi.

— Merci, dit-il en feignant de ne pas remarquer les larmes prêtes à couler.

Il s'assit et regarda le fouillis qui encombrait son bureau. Le chocolat, d'accord. Mais les photos, les fleurs, la citation encadrée, le *komboloï*… Il était lui-même désordonné, mais son bureau était juste couvert de tasses de café et de barquettes de nourriture. Comment arrivait-elle à travailler avec tout ce bazar ?

— Galen ?

Roula frappa à la porte restée ouverte.

— Excuse-moi, tu vas avoir besoin de mon mot de passe.

— C'est bon. Je suis déjà connecté.

— Mais je ne te l'ai pas donné…

— Facile à deviner. Il t'en faudrait un plus sûr.

Il consulta les graphiques affichés à l'écran et fit la grimace. Comme prévu, son absence avait eu un effet désastreux… Mais au lieu de s'attarder sur les détails, il appela la maison de retraite médicalisée pour savoir si le nouveau traitement commencé juste avant son départ se déroulait bien. *Yaya* recevait sa seconde unité de sang, lui dit-on. Mais elle avait arraché deux fois l'intraveineuse.

— Il y a bien un soignant auprès d'elle en permanence, comme prévu pendant toute la durée du traitement ?

— Bien sûr… mais elle est très vive.

Après avoir raccroché, il mangea un morceau du chocolat de Roula malgré son début d'indigestion. Cette brève pause dans une journée interminable était bienvenue…

Roula avait hâte elle aussi que la journée se termine.

À son grand soulagement, elle avait réussi à retrouver un semblant de calme quand Galen sortit du bureau.

— Tu as pu voir l'annonce ? demanda-t-elle en se levant.

— Pardon ?

— L'annonce pour laquelle tu avais besoin de te connecter à Internet ?

— Oh… C'était moi qui étais censé la faire. Enfin, ma fondation. Mais…

Roula déglutit péniblement.

— Ça a causé des problèmes ? Le retard ?

— Le prix s'est effondré, mais ça arrive souvent dans le secteur des cryptomonnaies… Il remontera. Enfin, peut-être.

Oh ! non ! L'estomac de Roula se noua. Elle aurait dû réveiller Yolanda plus tôt…

— Je suis désolée.
— Ne t'inquiète pas pour ça.
Le sourire que lui adressa Galen lui mit du baume au cœur. Pour la première fois depuis une éternité, elle se sentait… un peu apaisée.

4.

La fête sur la plage était terminée. Enfin ! Le moment était venu de passer le relais à l'équipe de nuit.

— Il ne reste presque plus rien sur la plage, déclara Roula. La petite soirée privée va se prolonger tard dans la nuit, mais moi je m'en vais.

— Oh non, pas encore, objecta Stephanie. Costa vient de demander si tu pouvais encore apporter du gâteau. Mia est en train de le découper.

Roula réprima un soupir. Elle était vraiment épuisée… Mais bon, encore un effort. Mia avait déjà été invitée à boire un verre et Beatrice également. Costa voulait juste manifester sa gratitude au personnel.

— Tiens.

Mia lui tendit le plateau qu'elle avait préparé, mais son regard était fuyant.

— Merci. J'ai entendu dire par les invités que le déjeuner était succulent… vraiment.

Mia ne répondit pas. Sourire aux lèvres comme il se devait, Roula apporta le plateau sur la terrasse de la petite salle de réception où était attablée la petite assemblée. Yolanda s'était retirée. Il y avait juste les jeunes mariés, Galen, Leo et Deacon, plus quelques personnes qu'elle ne connaissait pas. Des amis d'Athènes, sans doute.

— Roula ! s'exclama Costa. Assieds-toi.

— Merci, mais pas…

— Roula, ce soir tu fais la fête avec nous ! coupa Leo.

Elle resta silencieuse, et la discussion commencée avant son arrivée reprit.

— Elle a été odieuse avec Mary. Nous parlions de l'assistante de Galen, expliqua Costa en se tournant vers Roula. J'ai été obligé de lui promettre une lune de miel prénatale pour qu'elle accepte d'accueillir Mary à l'aéroport. Je n'ai jamais vu une femme aussi antipathique.

— Kristina n'a pas été engagée pour aller chercher tes petites amies à l'aéroport, Costa, objecta Galen.

— Elle ne se fatigue pas beaucoup pour toi non plus. Une fois, elle l'a laissé à son bureau le vendredi soir et, quand elle est revenue le lundi matin, elle n'est même pas passée le voir...

— Je ne suis pas un enfant, coupa Galen. J'avais dit que je ne voulais pas être dérangé. J'avais besoin de me concentrer.

— Quand il a fini par sortir de son bureau, il a eu un malaise. Déshydratation. Ce cerveau brillant s'était tellement focalisé sur son travail qu'il avait oublié de boire, expliqua Costa, déclenchant l'hilarité générale.

L'atmosphère était détendue, et Roula se surprit à enlever ses chaussures en buvant son champagne.

— Oui, mais j'avais drôlement avancé...

Galen haussa les épaules et but une gorgée de thé glacé.

— Kristina va bientôt avoir un bébé, non ? demanda Leo.

— Exact. Elle en est au troisième trimestre.

— Ah, et maintenant la question à un million de dollars. Allez, Galen, on est tous morts de curiosité. Est-ce que tous les deux vous avez été, ou vous êtes encore... ?

— Leo, je ne discute jamais de la vie privée de mes collaborateurs, coupa Galen d'un ton dangereusement posé. Et surtout pas avec toi.

— Oh ! s'exclama Leo en pouffant. Tu ne peux pas m'en vouloir d'avoir essayé de savoir.

Puis il se tourna vers Roula.

— La journée s'est bien passée ?

— Je n'ai pas eu le temps de m'ennuyer !

— Les gens d'ici pensent toujours que tu es rongée de regrets à cause de Costa ?

— Certains, oui. Tu sais comment c'est.

Leo soupira.

— Quelle plaie ! Ils ne peuvent pas comprendre que tu souffres de la disparition de ton mari ?

Galen nota le bref sourire crispé de Roula. Cinq ans. Son mari était mort depuis cinq ans, et tout le monde en parlait comme si c'était tout récent. Mais il est vrai qu'ici le temps passait au ralenti. Et les veuves n'avaient pas intérêt à suivre un autre rythme. Il connaissait bien les règles en vigueur à Anapliro. Comme sa *yaya* autrefois, Roula devait aller à l'église tous les samedis et tous les dimanches. Sauf qu'elle n'était peut-être pas aussi pieuse. Où allaient les belles veuves pour satisfaire leur libido ? L'idée que Roula n'éprouvait peut-être pas ce besoin n'effleura même pas Galen. Pour lui, c'était aussi vital que boire ou manger. Certes, comme venait de le rappeler Costa, il lui arrivait d'oublier de se désaltérer. Mais après le jeûne venait le festin. Comment se débrouillait donc Roula ? À vrai dire, les possibilités semblaient très réduites. Elle n'avait aucune chance de prendre un amant en toute discrétion sur l'île. *Comment fais-tu, Roula ?* Prenait-elle le ferry pour retrouver un amant à Santorin ? S'éclipsait-elle l'après-midi le temps d'une sieste crapuleuse ? Ou bien passait-elle de temps en temps une nuit torride à Thira avant de revenir à Anapliro le lendemain matin la bouche en cœur ? Cette idée était émoustillante… Galen resta assis quand les autres décidèrent de sortir pour faire éclater des ballons. Apparemment Costa y tenait et avait prévenu qu'il y en avait beaucoup. Roula ne semblait pas plus séduite que lui par cette activité, si bien qu'ils restèrent seuls à table tous les deux.

— As-tu passé une bonne journée ? demanda Roula d'un ton poli. Comment as-tu trouvé la fête sur la plage… ?

Sa voix s'éteignit. Sans doute venait-elle de se souvenir de la connexion Internet, parce qu'elle changea de sujet.

— Tout le monde dit que le repas était excellent.

— Un peu trop riche pour moi.

Roula ouvrit la bouche, visiblement prête à défendre son amie Mia. Non, elle se ravisait et arborait son sourire professionnel…

— Le client a toujours raison, n'est-ce pas ? dit-il pour la provoquer.

— Toujours.

Il attendit en silence. La vraie Roula allait bien finir par se manifester, non ? La Roula qu'il avait connue autrefois et qui était toujours prompte à répliquer d'un ton vif… Mais elle resta très calme et lui demanda des nouvelles de sa *yaya*.

— Comment va *kyria* Florakis ? Elle est à Athènes ?

— Pour une dame de quatre-vingt-dix ans, elle ne se porte pas trop mal.

— Vas-tu monter à la maison ?

— Je n'ai pas prévu de m'attarder ici. J'ai appris seulement jeudi soir que Costa se mariait ce week-end.

— Nous ne l'avons pas su beaucoup plus tôt, reconnut Roula en levant les yeux vers un couple qui venait se resservir à boire.

— Nous non plus, intervint la femme. Nous faisions des paris sur la personne qui t'accompagnerait, Galen.

— Aucune chance que je vienne avec quelqu'un.

— Je te l'avais dit ! s'exclama la femme en souriant à son compagnon.

— Tu viens de rompre avec quelqu'un ? demanda Roula quand ils furent de nouveau seuls.

— Non. Personne avec qui rompre.

— Oh ! excuse-moi. C'est ce que j'ai cru quand ils ont dit qu'ils faisaient des paris…

— Ils plaisantaient.

— Sur le fait que tu es célibataire ?

— Je n'ai jamais de relation stable. L'idée de passer tout un week-end avec quelqu'un…

Devant la mine perplexe de Roula, Galen précisa :

— Je ne suis pas doué pour les relations durables.

— Je suis sûre qu'un jour tu trouveras la bonne personne.

— Roula, je crois qu'il y a un malentendu. Si je vis seul, c'est par choix.

— Oh…

Ils avaient donc un point commun. Sans trop savoir pourquoi, Roula fut soulagée par cette idée.

— Comme moi.

Galen plongea son regard dans celui de Roula pour lui transmettre une invitation silencieuse. *Où vas-tu pour tes escapades sexuelles, Roula ? As-tu envie d'y aller avec moi ?* Roula se sentit étrangement troublée par le regard de Galen, mais son manque d'expérience en matière de séduction et de désir ne lui permit pas d'identifier la nature de ce malaise. Et encore moins d'imaginer qu'un homme pouvait rechercher son consentement. Si bien qu'elle se méprit sur la lueur qui brillait dans les yeux noisette. Galen était-il toujours contrarié à cause d'Internet ? Elle détourna les yeux.

— Hé, Galen ! appela quelqu'un.

Elle se leva.

— Excuse-moi.

— Tu t'en vas ? demanda-t-il, le front plissé.

— Pas encore.

Perplexe, elle s'échappa dans les toilettes et s'humecta les joues. Quelle chaleur, tout à coup… Elle se remit du rouge à lèvres en s'efforçant d'interpréter le regard de Galen. Peut-être était-il vraiment contrarié de n'avoir pas pu se connecter plus tôt à Internet. À moins qu'il n'apprécie pas que le personnel se joigne aux invités ? La porte s'ouvrit brusquement, interrompant ses pensées.

— Mary ! s'exclama-t-elle en se tournant vers la mariée. Tu es radieuse !

— Je suis si heureuse ! Je ne me doutais pas du tout que le mariage serait célébré à Londres… Tu le savais ?

— Beaucoup de solutions de remplacement étaient prévues. Je suis ravie que tout se soit passé pour le mieux.

— Je ne m'attendais pas à ce que mon père soit là. Et aussi Yolanda. Et Galen…

Mary pouffa.

— Figure-toi que Costa croyait l'avoir perdu.

— Perdu ?

— Il était avec une de ses copines et il ne prenait pas les appels. Apparemment, il a un fan-club dans chaque ville !

Roula rit avec un temps de retard. Allons bon, elle était complètement déphasée. Elle avait cru que Galen menait une vie solitaire, alors qu'en réalité...

— Comment te sens-tu ? demanda Mary.

— Oh ! la journée a été longue, mais...

— Tu tiens le coup ?

Roula savait pourquoi le mariage avait été aussi précipité. Ça n'avait rien à voir avec ce que suggéraient les mauvaises langues. Costa avait juste voulu protéger la femme qu'il aimait. Parce que Roula avait depuis tout récemment des raisons de croire que son frère aîné, Nemo, était un homme très dangereux.

— As-tu des nouvelles ? demanda Mary d'un air anxieux.

— Non. Et rappelle-toi que la police nous a conseillé de ne pas en discuter.

— Oui, mais...

— Mary. C'est ton mariage ! Savoure chaque instant sans penser au reste. Rejoins les autres et amuse-toi. Ordre de la responsable du service client.

— Tu n'es plus en service.

— Justement, j'ai envie de m'amuser, mentit Roula.

Elles retournèrent à table. Roula enleva sa veste et l'accrocha au dossier de sa chaise, puis elle remplit son verre avec de l'eau et but une longue gorgée. Galen était toujours là. Après les révélations de Mary à son sujet, elle se sentait embarrassée. Ce regard qu'elle n'avait pas su déchiffrer... Allons bon, Galen lui avait-il fait des avances ? Avait-il cru qu'elle était prête à y répondre ? Elle lui avait dit qu'elle vivait seule par choix comme lui... Il fallait mettre les choses au clair.

— Galen ? Je vis seule par choix, mais *pas* comme toi.

— Dommage, répliqua-t-il en souriant.

Elle faillit laisser échapper un petit rire nerveux. Il s'était vraiment trompé de cible avec elle... Mais au moins, il n'insistait pas. Plus un seul regard appuyé. Rien.

— Je vais m'en aller, murmura-t-elle à l'oreille de Leo.

— Pas question ! Reste au moins le temps d'écouter mon discours...

— Leo, non, intervint Galen avec le sourire mais d'un ton ferme. Tu ne vas pas me voler la vedette. Les discours du témoin, c'est moi qui les fais.

Au grand soulagement de tout le monde, il prit le micro, et son vingtième discours de la journée fut très concis. Qualité qui aurait manqué à coup sûr à celui de Leo.

— Mary et Costa, *ee ora ee kale !* Et maintenant on danse.

Galen resta assis, tandis que Mary et Costa s'enlaçaient. Privé de micro, Leo décida de jouer les DJ, et tous les autres invités se joignirent aux mariés.

— Allez, vous deux ! Venez ! lança quelqu'un à l'adresse de Roula et de Galen.

— Nous sommes des rabat-joie, plaisanta-t-elle.

— Je déteste danser, répliqua-t-il. Je trouve ça sans intérêt.

Elle se surprit à sourire, puis ils roulèrent les yeux ensemble alors qu'on les appelait de nouveau.

— On y va ? proposa-t-il.

Comment refuser ?

— Une danse, dit-elle. Ensuite, je m'en vais.

Galen tenait une main de Roula en l'air comme pour une danse de salon et il avait posé son autre main sur son bras nu. C'était une danse très correcte. Il était toujours très correct. Du moins en public... Mais il ne jouait qu'avec les femmes prêtes à jouer avec lui. Or Roula lui avait dit qu'elle ne l'était pas. Pas question de resserrer les doigts autour de sa main, ni de caresser les boucles cuivrées qui ruisselaient dans son dos. Il dansait avec une amie de longue date. Mais en réalité il avait plutôt l'impression de danser avec une poupée de porcelaine. Elle était incroyablement raide.

— J'ai mangé le chocolat sur ton bureau, dit-il.

— J'ai vu. Comment as-tu deviné mon mot de passe ?

— Je me souviens de la date de ton anniversaire. Et du nom de ton petit chien, Benji…

Elle eut un petit rire nostalgique.

— Il me manque toujours.

Cette danse n'était pas si désagréable, songea Galen. Les cheveux de Roula avaient un parfum de soleil, et sa main froide s'était réchauffée dans la sienne. La poupée de porcelaine semblait s'animer imperceptiblement dans ses bras. Elle bougeait plus librement. Et c'était très gratifiant. Ils étaient aux antipodes l'un de l'autre. Roula était une fille bien d'Anapliro, ce qui impliquait en général de s'engager avant de coucher. Ou au moins de dîner deux ou trois fois en tête à tête et de discuter. Tout ce qu'il ne faisait jamais. Malgré tout, il serait assez tenté de caresser ses bras nus… Pour sentir frémir ces ondes qui étaient là entre eux, imperceptibles mais bien là. Ignorées, mais pas tout à fait… Roula eut conscience d'un changement subtil dans la qualité de l'air qui circulait entre Galen et elle. Pourtant ils dansaient toujours sur la même musique et il la tenait toujours de la même façon. Mais la chaleur et le parfum qui émanaient de son corps athlétique semblaient un peu plus intenses. Et elle se sentait soudain prisonnière de ces deux soutiens-gorge qu'elle portait en permanence pour aplatir sa poitrine généreuse. C'était très déstabilisant…

— Ça va ? demanda Galen comme s'il sentait sa nervosité.

— Très bien, répondit-elle aussitôt.

Non, ça n'allait pas du tout… Il était vraiment temps qu'elle rentre. Elle n'eut pas besoin de trouver une excuse parce que, à cet instant, un grand fracas retentit et la musique s'arrêta. Leo venait de s'écrouler d'un coup. Il dormait si profondément que Deacon fut obligé de le porter hors de la salle sous les regards amusés des danseurs. Mary et Costa se retirèrent tout de suite après sous les applaudissements, et la petite foule commença à se disperser.

— C'était un plaisir de te revoir, dit Roula.

— Le plaisir est réciproque, répliqua Galen. Roula, j'ai entendu parler de… Je voulais te dire que je suis désolé…

— Je t'en prie, coupa-t-elle précipitamment.

— Ça fait combien de temps ? Que nous ne nous étions pas vus, je veux dire.

— Je ne sais pas. C'est toi qui es bon en calcul.

La voix de Roula était légèrement crispée… Et son regard trahissait un certain trouble, constata Galen. Contrairement à ce que pensaient les gens de l'île, il n'était pas un robot – un *rompot*, comme on l'appelait en grec.

— Est-ce que… ?

Comment lui demander si son mari lui manquait ?

— Les mariages doivent être éprouvants pour toi.

— Il y en a un par semaine au centre.

— Je voulais dire…

— N'essaie pas de deviner ce qui se passe dans ma tête, Galen. C'est le sport national ici.

Il la contempla. Cette chevelure somptueuse, un peu moins flamboyante dans le clair de lune. Et ce visage si pâle… Ça faisait un effet très bizarre de se retrouver ici. Dans un endroit si familier, avec quelqu'un qu'il avait connu autrefois mais qu'il ne reconnaissait plus. Tout à l'heure sur la plage, elle avait failli pleurer. Elle souffrait aujourd'hui, il en était sûr. Il rompit le silence tendu qui s'était installé.

— Il paraît que parler à une oreille étrangère peut aider…

— Tu n'es pas un étranger, Galen.

— Plus ou moins…

— Non, merci. Aux deux propositions, ajouta-t-elle avec une pointe d'agressivité.

Il hocha la tête. Oui, c'était bien la seconde proposition qu'il lui faisait ce soir. Même si la première n'avait pas été formulée…

Roula produisit avec effort son sourire professionnel.

— J'espère que tu passeras une bonne fin de séjour.

— Roula… ?

— Bonne nuit, Galen.

Roula s'éloigna dans la nuit. Le bruit des vagues l'accompagnait, et le vent lui fouettait les joues. Elle était en proie à un tel mélange de confusion, de souffrance et de colère qu'elle mourait d'envie de hurler. Mais pas question, bien sûr. Pour tenter de se défouler malgré tout, elle accéléra le pas et se mit presque à courir dans les rues familières. Mia l'avait terriblement contrariée. Et elle se trompait. Le fossé avait commencé à se creuser entre elles bien avant la mort de Dimitrios. Roula se remémora un déjeuner entre filles au cours duquel elle avait tenté d'aborder le problème qui la hantait. Ella, la sœur de Dimitrios, était enceinte des jumelles et elle leur avait confié que Stephanos voulait subir une vasectomie pour qu'ils puissent « le faire » sans se soucier des conséquences. Tout le monde avait ri. Les joues en feu, elle avait essayé de se confier, anxieuse de recueillir des avis.

— Dimitrios veut le faire tout le temps…

— Ah, les jeunes mariés ! s'était exclamée Ella avec un grand sourire. Nous passions notre temps au lit. Mais tu verras quand tu auras des enfants…

Mia avait soupiré.

— Je suis jalouse. La seule chose qui me tient éveillée la nuit, c'est la préparation du repas du lendemain !

Elle était repartie encore plus tourmentée qu'avant et elle n'avait plus jamais fait une seule allusion à son enfer intime. Plus jamais. Même quand la situation s'était aggravée. Les déjeuners entre filles avaient cessé. Pas le sexe ni la violence. Aucun bébé n'était arrivé, et bien sûr c'était elle la fautive. Mois après mois, la rage de Dimitrios était allée *crescendo*. Elle avait commencé à se replier sur elle-même.

— Je vais peut-être poser ma candidature pour un emploi de femme de chambre au centre de thalassothérapie, lui avait-elle annoncé un soir en lui servant son dîner, trop angoissée pour lui avouer qu'elle avait déjà déposé son CV.

— Pourquoi travaillerais-tu pour Costa Leventis ?

Dimitrios s'était levé, furieux.

— Tu préférerais être mariée avec lui, c'est ça ?

— Bien sûr que non. Dimitrios, s'il te plaît…

— Pourquoi voudrais-tu te faire engager par lui alors que moi je travaille toutes les nuits pour subvenir à tes besoins ?

Dire qu'ils avaient « fait l'amour » n'était pas le terme approprié. Elle ne l'aurait pas utilisé même à l'époque de sa plus grande naïveté. Dire qu'ils avaient « couché ensemble » n'était pas exact non plus. Roula était en pleurs quand elle entra dans sa petite maison de pêcheur. Toutes les émotions qu'elle avait réprimées pendant cette éprouvante journée la submergèrent à l'instant où elle franchit la porte. Pour se retrouver juste devant sa photo de mariage.

— Va au diable !

Elle enleva son alliance et la posa sur la cheminée. Puis elle retourna la photo, comme à chaque fois qu'elle était seule chez elle. Lorsqu'elle alla prendre ses draps et ses couvertures dans l'armoire de la chambre, au lieu de l'ignorer comme d'habitude, elle darda un regard noir sur le lit conjugal. Le garde-côte était venu lui annoncer au milieu de la nuit que le bateau de Dimitrios avait été repéré en feu. À l'arrivée de sa belle-famille, elle était retournée dans la chambre pour s'habiller. Elle avait fermé la porte derrière elle. Tandis que le hurlement des sirènes se mêlait au bruit d'un hélicoptère, elle avait regardé le lit conjugal. Et elle avait prié silencieusement pour ne plus jamais avoir à se coucher dans ce lit. Depuis ce jour, elle dormait sur le canapé.

5.

Galen regagna la suite Temple, enleva son costume et but un grand verre d'eau. Eh bien, il y avait au moins une chose d'Anapliro qu'il regrettait. Jamais il n'avait retrouvé une eau aussi pure et fraîche. Il remplit de nouveau son verre, et y mit les fleurs qu'il avait portées toute la journée à la boutonnière. Devoir accompli. C'était terminé. Enfin, presque.

Il acheva de se déshabiller, entra dans la piscine et fit la planche un moment. Mieux valait éviter de faire le bilan de la journée. Sur le plan professionnel, il était désastreux. Après être sorti de la piscine, il se coucha dans des draps à présent unis, et leva les yeux vers la coupole. Il avait oublié que les étoiles étaient splendides, ici. Et qu'enfant il sortait furtivement de la maison pour contempler la Voie lactée et tenter de repérer les étoiles dont il avait appris les noms dans les livres. Il trouva facilement la constellation du Scorpion. Les étoiles du ciel ne grattaient pas comme celles qui étaient brodées sur les draps… Roula avait dû le prendre pour un enquiquineur de première. Un client exigeant. Peut-être l'était-il. Mais la responsable du service client n'avait pas besoin d'être au courant de ses problèmes en matière d'imprimés ni du chaos provoqué par son absence au moment de l'annonce. Il éprouvait rarement le souhait de s'expliquer. Il y avait longtemps qu'il avait renoncé à le faire. Malgré tout, il aurait aimé donner des explications plus précises à Roula. Galen inspira profondément et se concentra sur Antarès. Mauvais choix pour se changer les idées… L'étoile rouge lui rappelait la chevelure de Roula. Roula Kyrios… Autrefois elle était ferme dans ses convictions et elle avait un rire si éclatant qu'il l'entendait encore… Elle n'avait pas ri une seule seconde comme autrefois, ce soir. Changeait-on de rire en devenant adulte ? Ou bien avait-elle perdu le sien à la mort de son mari ?

Galen se leva. Avec un peu de chance, Kristina avait donné toutes les instructions nécessaires à son employée de maison, et sa tenue de jogging se trouvait dans sa valise. Elle s'y trouvait. Quelques minutes plus tard, il prenait la route qui grimpait à flanc de colline vers la maison de sa grand-mère, mais ce n'était pas sa destination. Les dernières étoiles s'estompaient quand il vit le *kandylaki* de ses parents. Les routes en pente de l'île étaient jalonnées de ces petits sanctuaires, tous différents. Certains ressemblaient à de petites maisons, mais celui de ses parents était une réplique miniature de l'église du village où ils s'étaient mariés, et dans le cimetière de laquelle ils reposaient à présent. Il était perché sur une pierre, à proximité du lieu de l'accident. Alors qu'il s'en approchait, Galen sentit sa gorge se nouer. Une bougie était allumée à l'intérieur. Comme partout en Grèce, les gens de l'île prenaient soin de ces petits mémoriaux, mais il pensait que depuis le temps… Ou, plutôt, il avait fait de son mieux pour ne pas y penser, persuadé qu'il était laissé à l'abandon comme la maison… Apparemment quelqu'un s'en occupait. Il ouvrit la porte et remplaça les quelques fleurs fanées qui se trouvaient à l'intérieur par celles qu'il avait portées à la boutonnière. Il y avait également une boîte d'allumettes et des bougies neuves. Autrefois, quand le bus scolaire passait devant, il détournait toujours les yeux. Aujourd'hui, il appréciait sa beauté. Dommage qu'il n'ait pas la foi… Il examina l'arbre voisin et distingua à peine la cicatrice sur le tronc. C'était ici que ses parents étaient morts et que sa propre vie avait été bouleversée. Dire qu'il ne gardait pas le moindre souvenir de l'accident ni des mois qu'il avait passés à l'hôpital par la suite… Au lieu de fouiller en vain dans sa mémoire, Galen descendit vers le *theatron*, où Costa et lui s'entraînaient autrefois. Il se revoyait monter et descendre inlassablement les marches pour se préparer à affronter une journée de vexations et de coups à l'école. Puis pour se préparer au service militaire. Et aussi parce qu'il avait l'impression que sa tête allait exploser s'il restait encore longtemps sur cette île. Et pourtant, aujourd'hui, après y avoir passé une journée, il envisageait déjà de rester un jour de plus… de s'occuper de la maison… de faire enfin ce qui avait été laissé en suspens. Il s'arrêta de courir et s'assit sur une marche. La brume de mer s'estompait peu à peu, laissant place à un ciel d'un bleu limpide. Le silence était impressionnant. Et très agréable, à vrai dire. Il eut une moue de dérision. Peut-être avait-il besoin de cette cure de détox numérique, finalement…

— Galen !

Il tourna la tête et ouvrit de grands yeux en reconnaissant Costa.

— Qu'est-ce que tu fabriques ? Tu n'as pas mieux à faire à l'aube, le lendemain de ton mariage ?

— Si… mais il faut que je te parle, et hier c'était impossible, bien sûr. Je me suis dit que je te trouverais peut-être ici.

Costa s'assit sur la même marche que Galen.

— J'ai quelque chose à te demander.

— Encore des discours ?

— Kristina part en congé pour six semaines, n'est-ce pas ?

— En quoi cela te concerne-t-il ?

— J'ai une remplaçante à te proposer. Tu vas dire non, mais je…

— Tu as raison, c'est non. Ne te mêle pas de mon travail !

— Galen, je t'ai dit qu'il se passait quelque chose ici… C'est un problème très sérieux…

Frappé par le ton grave de Costa, Galen scruta son visage. De toute façon, s'il était là à 7 heures le lendemain de son mariage, c'était forcément pour une raison sérieuse…

— Ce que je vais te dire doit rester entre nous.

— Bien sûr.

— Tu sais que Roula et moi nous avons été promis…

— Oh ! je t'en prie ! coupa Galen. Vous étiez gamins. De toute façon, elle a épousé l'enfant chéri d'Anapliro.

— Oui, mais son frère Nemo, qui est aussi mon responsable sécurité, fait visiblement une fixation sur cet arrangement obsolète. La première fois que j'ai amené Mary ici, il lui a tendu un piège pour pouvoir l'accuser de vol. Je pense qu'il voulait m'inciter à rompre… J'en ai parlé à Roula. Elle était bizarre depuis des semaines…

— Et ?

Galen était tout à coup impatient d'entendre la suite.

— Récemment, elle a trouvé une vieille bonbonne de gaz dans le garage de son frère et elle a reconnu le modèle. C'est le même que celle du bateau de Dimitrios.

— Elle en est sûre ?

— Tellement sûre qu'elle est allée voir la police. Ils prennent ça très au sérieux.

— Tu es en train de me dire que Nemo aurait tué le mari de Roula pour qu'elle puisse t'épouser ? Et qu'aujourd'hui, cinq ans après, il n'a toujours pas renoncé à cette idée ? C'est dément ! Remarque, autrefois il m'a fait vivre un enfer pendant des années. Ce n'était pas le seul, mais c'était le plus acharné. C'est peut-être un psychopathe…

— En tout cas, il semblerait qu'une arrestation soit imminente. Ce qui va mettre Roula dans une situation intenable. Vis-à-vis de sa famille et des Drakos…

— Je vois, coupa Galen.

Pas étonnant qu'elle ait paru nerveuse hier !

— Si tu lui proposais un contrat temporaire…

— Non. Je ne travaille jamais avec des amis. C'est un principe de base. En revanche, j'ai l'appartement dans lequel je loge les amis. Dis-lui qu'elle peut s'y installer aussi longtemps qu'elle le souhaite.

— Il ne faut surtout pas qu'elle sache que je t'ai parlé de ça ! Crois-moi, j'ai essayé de l'aider, mais elle prétend qu'elle contrôle la situation. Mary a tenté de lui parler hier, mais elle s'est vite retrouvée face à un mur. Elle n'acceptera un emploi que si elle pense que c'est une véritable offre.

— Je vais lui trouver quelque chose…

— Quelque chose ? Galen, elle a un plan de carrière. Crois-moi, elle ne quittera pas son poste au centre pour un emploi administratif chez un de tes sous-traitants. En revanche, une mission temporaire en tant qu'assistante personnelle de Galen Pallas serait un plus sur son CV…

Galen serra les dents. Il choisissait ses collaborateurs en évitant soigneusement les risques de chevauchement entre ses sphères privée et professionnelle. Et puis il y avait un autre problème à prendre en considération… mais mieux valait ne pas s'y attarder pour l'instant. Galen réprima un soupir tandis qu'un souvenir s'imposait à lui. Un jour, il y avait très longtemps, une petite fille avait quitté le groupe d'amis avec qui elle goûtait pour venir lui proposer de partager ses victuailles. Sans craindre de subir des représailles de la part de son frère, Nemo le psychopathe, et des autres enfants qui l'avaient battu, elle avait insisté pour lui offrir son amitié.

— Six semaines, dit-il d'un ton crispé. Je ne dirige pas un centre d'accueil. Et quoi que tu penses de mon assistante, c'est un poste exigeant.

— Propose-le-lui. Elle refusera peut-être, répliqua Costa en se levant. Mais si elle accepte le poste, tu ferais bien de l'envoyer chez Leo pour qu'il s'occupe de sa garde-robe.

— Pourquoi ?

— Fais-moi confiance sur ce point.

Galen secoua la tête avec agacement. Il se moquait éperdument de la façon dont Roula s'habillait. Enfin, du moment qu'elle évitait les imprimés… Ils lui agaçaient le cerveau. Hier elle était vêtue de son uniforme. Peut-être qu'elle abandonnerait le badge à son nom. Mais avant toute chose, il fallait qu'il lui parle.

— Tu es attendue, lança Stephanie à Roula dès son arrivée. Pour un problème dans la suite Temple.

— Il est sans doute en manque d'Internet, répliqua Roula en roulant des yeux. J'y vais, justement.

— Belles fleurs !

— Oui.

Roula n'avait pas dormi non plus. Elle était montée dans la colline et elle avait confectionné un superbe bouquet avec des fleurs cueillies sur les bougainvilliers qui entouraient la maison de la grand-mère de Galen. Lorsqu'il ouvrit la porte, elle fit de son mieux pour ignorer qu'il était ruisselant d'eau et nu, à l'exception de la serviette nouée sur ses hanches. Après tout, elle avait vu des tas de clients beaucoup moins habillés.

— Bonjour ! lança-t-elle d'un ton enjoué. J'ai réorganisé l'espace pour que tu puisses t'installer dans le bureau si tu le souhaites.

N'était-il pas l'invité le plus important du patron ?

— Et j'ai apporté le téléphone satellite…

— Tu as fait vite !

De toute évidence, il sortait de la douche et il avait appelé la réception avant de s'habiller.

— Qu'est-ce que c'est ? demanda-t-il en regardant les fleurs.

— Pour ta *yaya*. Elles viennent de chez elle.

— Je ne pense pas que…

— Ça lui fera plaisir, insista-t-elle en lui tendant le bouquet.

Il finit par le prendre, visiblement à contrecœur.

— Entre, je t'en prie.

— Comme je te l'ai dit, j'ai réorganisé le bureau pour…

— Roula, je veux te parler en privé. En fait…

Il s'interrompit. Sans doute avait-il remarqué ses joues en feu, se dit-elle, au comble de l'embarras.

— Si tu veux bien m'excuser quelques minutes ? Je vais d'abord m'habiller.

Elle se tourna vers le soleil qui entrait à flots par les baies vitrées, comme s'il pouvait effacer de son esprit l'image de la peau hâlée parsemée de gouttes, de la toison noire qui recouvrait un torse musclé, du ventre plat… Allons, elle était déjà entrée dans des suites dont les occupants ne portaient presque rien. Et parfois même rien du tout ! Mais là, c'était différent. Ça lui faisait un effet… tout à fait inhabituel.

— Désolé.

Elle se retourna.

— Je ne m'attendais vraiment pas à ce que tu arrives aussi vite.

Il avait mis un pantalon de lin noir et un polo fin qui était un peu mouillé. Il n'avait pas dû prendre le temps de sécher toutes ces gouttes d'eau… Elle accrocha son sourire professionnel à ses lèvres.

— À part les jeunes mariés, tu es actuellement notre hôte le plus éminent. Et tu as un problème…

— Non. C'était juste pour te faire venir ici. Je t'en prie, assieds-toi.

— Merci. Ton séjour s'est-il bien… ?

Il l'arrêta en secouant la tête.

— Roula, mon assistante part en congé de maternité pour six semaines.

— Seulement six semaines ?

— J'ai remarqué l'efficacité avec laquelle tu as tout géré hier, surtout après avoir été prévenue du mariage à la dernière minute. J'ai besoin de quelqu'un comme ça. Je me suis dit que j'allais t'en parler.

— Tu me proposes de devenir ton assistante ?

— Oui… Enfin, c'est une mission temporaire, et je dois te prévenir que c'est un poste qui exige une grande disponibilité.

— Ça, ce n'est pas un problème, mais… Je suis très heureuse ici, Galen…

La voix de Roula s'éteignit. Pourrait-elle continuer à en dire autant ces prochaines semaines ?

— Ma maison…

— J'ai un appartement meublé destiné aux amis ou aux collaborateurs temporaires. Tes compétences en informatique ?

— Je maîtrise les principaux logiciels de bureautique. Certes, mes mots de passe ne sont pas assez sécurisés…

— Nos stratégies de sécurité informatique sont beaucoup plus sophistiquées que celles en vigueur ici, mais tu n'y serais initiée qu'après la signature du contrat.

— Je vois.

— Roula… si nous nous sommes un peu trop laissés aller, hier soir…

Ah, le regard appuyé… Elle attendit qu'il poursuive.

— Je tiens à préciser que c'était dans un contexte très inhabituel pour moi. J'étais en congé, de retour dans le lieu de mon enfance… Ce que je veux dire, c'est que je suis complètement différent au travail. Pour commencer, mes conversations restent strictement professionnelles. À une exception près. Si tu acceptes ce poste, tu seras en contact avec la maison de retraite médicalisée où se trouve ma grand-mère. Nous faisons de notre mieux pour lui assurer une vie paisible.

— Paisible ? Ça ne ressemble pas à la *kyria* Florakis que j'ai connue. Pleine d'énergie, y compris dans l'expression de ses opinions.

— Roula, je n'ai sans doute pas été assez clair, déclara Galen d'un ton sec. Une vieille amie peut éventuellement se permettre de suggérer que j'apporte à ma grand-mère des fleurs de son jardin. De la part de mon assistante, ce serait inadmissible.

— Je vois.

— Tu es sûre ? Parce que, pour que ça fonctionne, il faut que les choses soient parfaitement claires.

— Galen, si tu trouves que je ne suis pas la personne indiquée pour ce poste, pourquoi me le proposes-tu ?

— Tu es la personne indiquée. Je mets juste les choses au clair. À toi de prendre la décision.

Pourvu qu'elle refuse ! Le regard énigmatique de ses grands yeux terre d'ombre était beaucoup trop troublant… *Refuse, par pitié. Parce que là je ne pense qu'à une chose. T'emmener dans la chambre et t'allonger sur le lit pour te déguster.*

— Je suis flattée, mais j'ai des engagements ici. Et puis…

Elle lui adressa son sourire professionnel.

— Tu comprends que j'aie besoin de réfléchir, je suppose ?

— Bien sûr.

Il sortit une carte de visite de sa poche mais, au moment de la tendre à Roula, il se ravisa et prit un stylo.

— D'ordinaire, tous les appels passent par mon assistante, mais voici mon numéro personnel.

— D'accord.

— Si tu…

Comment lui dire que, si elle avait besoin d'un ami, si à un moment ou à un autre elle se sentait dépassée par la situation, elle devait l'appeler sans hésitation ? Comment renouer leur amitié quand elle travaillerait peut-être bientôt pour lui ? Et surtout, comment faire pour ignorer cette attirance ? Palpable, irrésistible. Et mutuelle. Il le savait. Il le sentait. Mais curieusement, il ne le voyait pas. Elle avait le teint pâle et le regard froid. Aucun signe de trouble sur son visage ni dans son attitude… Certes, il n'était pas doué pour déchiffrer les gens. Pourtant, autrefois, il connaissait Roula. Mais plus maintenant. Et cette ruse suggérée par Costa lui était déjà insupportable. Il détestait la dissimulation !

— Quoi qu'il arrive, tu as mon numéro, conclut-il.

Avec un peu de chance, si un jour elle avait besoin de lui, elle s'en servirait.

La suite de la journée fut bien remplie. La plupart des invités du mariage quittèrent l'île en hélicoptère, et il fallut préparer le centre pour l'arrivée des nouveaux occupants. Tard dans la soirée, Roula vérifia que le planning des prochaines réservations était à jour. L'assistante de Galen venait en effet à Anapliro dans deux semaines pour sa lune de miel prénatale. Elle fit ensuite une recherche sur Galen et fut très impressionnée. Dire qu'elle pensait que son activité se limitait aux jeux vidéo… Elle ne se doutait pas du tout qu'il occupait une place aussi importante dans l'univers des nouvelles technologies. DeFi ? Blockchain ? C'était quoi ? Travailler pour Galen Pallas, même temporairement, serait de toute évidence un plus sur son CV. Et bien sûr, le scandale sur le point d'éclater au sujet de Nemo rendait cette offre d'emploi doublement tentante. Cependant, il y avait un problème. Il fallait se rendre à l'évidence, elle était attirée par Galen. Alors que jusque-là le désir lui était totalement étranger… Mais était-ce vraiment un problème ? Après tout, il n'y avait aucune raison que cela le soit. Elle prit son téléphone dans son sac et composa le numéro qu'il lui avait donné. Son cœur battait à grands coups quand la messagerie se déclencha.

— Galen… Je ne t'ai pas suffisamment remercié pour ta proposition… Et la réponse est oui. Elle m'intéresse…

Un bip indiqua qu'elle avait atteint la limite de durée du message, et la communication fut coupée. Elle sortit de son bureau, un peu étourdie par sa propre audace. N'aurait-elle pas dû discuter d'abord avec Yolanda ? Ou avec sa mère. Ou… ? Son regard fut attiré par un gros bouquet de fleurs de bougainvilliers posé sur une table de la réception. Un spectacle qui n'avait rien d'inhabituel, mais ces fleurs elle les reconnaîtrait entre toutes. C'était elle qui les avait cueillies.

— D'où viennent ces fleurs ? demanda-t-elle à la femme de ménage, qui passait l'aspirateur.

— C'est un client qui les a laissées. J'espère que j'ai bien fait de les mettre là ? Je trouvais dommage de les gâcher.

— Bien sûr. Le client les avait oubliées ? demanda Roula tout en sachant que c'était impossible.

Le maître d'hôtel faisait le tour des suites à chaque départ. Aucun client de la suite Temple ne pouvait partir sans toutes ses affaires.

— Non, elles étaient dans la poubelle, répondit la femme de ménage avant de remettre l'aspirateur en marche.

Oh, Galen…

6.

Deux semaines plus tard, en arrivant au bureau, Galen arqua les sourcils en voyant Kristina absorbée dans son travail.

— Vous ne deviez pas aller chercher Roula à l'aéroport ?

— J'ai commandé un taxi.

— Bien… Ou plutôt non. Annulez-le et appelez mon chauffeur. Je vais y aller moi-même.

Vingt minutes plus tard, Galen avait beau scruter la foule qui se pressait dans le hall des arrivées, il ne voyait pas Roula.

— Galen !

En l'espace de deux semaines, elle était devenue dans son esprit la déesse Aphrodite, avec des boucles flamboyantes qui ruisselaient sur un corps nu aux formes généreuses. Si bien qu'il cligna des yeux en voyant s'avancer vers lui une femme vêtue d'une jupe à motifs zigzags bordeaux et bleu roi, et d'un haut blanc parsemé de petits cercles bleus. Ses cheveux étaient relevés en chignon haut très serré dont pas une boucle ne s'échappait. Il eut du mal à se remettre de sa stupéfaction. À présent il comprenait pourquoi Costa lui avait suggéré d'envoyer Roula chez Leo… Ces chaussures plates à lacets, quelle horreur…

— Roula ! Bienvenue.

Elle eut un sourire crispé.

— Je ne m'attendais pas à ce que tu viennes me chercher.

Ça se voit. Il eut le réflexe salutaire de garder cette réflexion pour lui.

— Eh bien, il y a beaucoup de choses à mettre au point.

J'ai pensé que nous pourrions en discuter dans la voiture et en profiter pour passer par la maison de retraite.

Tandis qu'il entraînait Roula vers la voiture, les zigzags de sa jupe dansaient devant ses yeux. Il était bon pour une migraine… Et ces petits cercles sur son haut ! C'était plus fort que lui, les motifs l'incommodaient.

— Kristina t'emmènera à l'appartement plus tard et te donnera toutes les informations dont tu auras besoin.

— Elle doit être épuisée. Seulement six semaines de congé de maternité… Je n'ai jamais entendu parler d'une femme qui s'arrête aussi peu de temps…

— Roula, je ne pense pas qu'il soit approprié de discuter des décisions de Kristina concernant son congé de maternité.

Galen réprima un soupir. En plus, ça lui donnait le sentiment d'être un patron inhumain.

Roula regardait par la vitre, mais elle ne voyait rien des rues par lesquelles ils passaient. C'était trop perturbant d'être assise sur la banquette à côté de Galen. Pendant deux semaines, elle s'était répété que la pointe de trouble qu'il avait fait naître en elle allait s'éteindre d'un jour à l'autre. Erreur. Elle avait alors espéré qu'elle s'évanouirait dès qu'elle le reverrait. Parce que, dans la vie de tous les jours, il ne serait sûrement pas aussi élégant ni séduisant qu'au mariage. Erreur. En costume noir, chemise blanche et cravate vert-de-gris, il était encore plus superbe que dans son souvenir.

— Tu as fait bon voyage ?

— Très long.

— Tu n'es pas allée à Thira en hélicoptère ?

— Il est réservé aux clients.

— Ah.

Costa avait peut-être voulu éviter d'éveiller la curiosité des gens de l'île, se dit-il.

— Si tu veux passer à l'appartement maintenant, pour te rafraîchir, te reposer…

Te changer !

— Non, merci. Nous avions convenu que je commencerais à 14 heures. Je suis prête à me mettre au travail sans attendre.

— Comment ça s'est passé ? Ton départ ?

Roula ouvrit la bouche, prête à décrire l'enfer des deux dernières semaines, puis elle se ravisa.

— Bien. Au fait, j'ai apporté quelque chose…

Elle indiqua un petit sac isotherme orange qu'elle avait posé à ses pieds.

— C'est juste du fromage d'Anapliro, du *chlorotiri*, et un peu de *melitzanosalata* que j'ai faite hier soir… pour ta grand-mère.

— Tu n'aurais pas dû.

— Si tu trouves ça déplacé…

— Ce n'est pas ça. On essaie de faire en sorte qu'elle vive dans le calme… Toute allusion à Anapliro la bouleverse.

— Alors vous n'en parlez jamais ?

— Je fais tout mon possible pour éviter de la perturber.

La voix de Galen était calme, mais elle contenait une mise en garde perceptible. Roula déglutit péniblement.

— Bien sûr.

— Je dois aussi te prévenir qu'elle a parfois l'esprit confus. Ça dépend des moments. Elle peut être très lucide, mais de temps en temps elle me prend pour mon père. Parfois aussi, j'ai dix ans, ou bien… il lui arrive d'être indiscrète.

— Ce n'est rien.

Le silence s'installa, mais bientôt la voiture ralentit et Galen annonça :

— Nous sommes arrivés.

Il n'y avait pas de maison de retraite à Anapliro, mais celle-ci ne ressemblait pas du tout à l'idée qu'elle s'en faisait, constata Roula en pénétrant dans un hall au décor raffiné. Dans un salon adjacent, un groupe de personnes âgées tirées à quatre épingles bavardaient, confortablement installées dans des fauteuils autour d'une table basse, tandis que quelqu'un jouait du piano. Pas de doute, on avait plutôt l'impression d'arriver dans un palace.

— Galen !

Un homme très alerte leva sa canne en guise de salut.

— Monsieur, répliqua Galen en hochant la tête.

Les membres du personnel, vêtus de manière élégante eux aussi, parurent surpris de le voir.

— Galen ! Nous ne vous attendions pas aujourd'hui.

— Je vous présente Roula. À partir de lundi, c'est avec elle que vous serez en contact.

— Enchanté, madame, répliqua l'homme qui avait pris la parole.

Puis il se tourna de nouveau vers Galen.

— *Kyria* Florakis refuse toujours de s'habiller et elle est agitée. Voulez-vous que je vous accompagne ?

— Je connais le chemin.

— Tu viens souvent ? demanda Roula en suivant Galen.

— J'essaie de prendre le café avec elle tous les jours de la semaine, mais en principe je ne viens pas le vendredi. Le week-end je préfère travailler sans interruption.

En arrivant dans la chambre, Roula reçut un choc en voyant *kyria* Florakis en robe de chambre en train de frotter la vitre, tandis que deux infirmières tentaient de l'inciter à s'asseoir dans un fauteuil. Mon Dieu, comme elle était menue… À moins que ce ne soit le contraste avec Galen ?

— Bonjour, dit-il en rejoignant sa grand-mère à la fenêtre.

La pièce était agréable, avec des étagères garnies de nombreuses photos. Le regard de Roula fut attiré par un portrait de Galen en uniforme militaire.

— Viens t'asseoir, dit-il en guidant la vieille dame vers un fauteuil.

Elle passa la main sur la manche de son costume noir.

— Tu es venu pour un enterrement ?

— Non.

— Ta cravate devrait être noire.

— *Yaya*, je te présente Roula, dit-il en l'aidant à s'installer. Tu vas sans doute la voir assez souvent ces prochaines semaines.

— *Kyria* Florakis, dit Roula en souriant. Je suis heureuse de…

Elle hésita. Sans doute faudrait-il dire « vous revoir » plutôt que de feindre de ne pas la connaître.

— Je suis heureuse de vous voir.

Galen observa sa grand-mère qui se tournait vers Roula. Et il la vit faire ce qu'il s'interdisait lui-même. Prendre entre ses doigts une mèche cuivrée échappée du chignon.

— Kyrios ?

— Oui, acquiesça Roula.

Kyria Florakis étudia la jeune femme un instant, puis se tourna vers Galen.

— Roula faisait les courses pour moi.

— Vraiment ? Je ne savais pas.

— Bien sûr, tu étais parti. Retourne à tes livres, Galen.

Kyria Florakis se tourna de nouveau vers Roula et se tapota la tempe.

— Il n'est pas très bien dans sa tête. C'est le docteur qui l'a dit. Traumatisé.

Le sourire de Galen était crispé, constata Roula. Aujourd'hui sa grand-mère avait l'esprit confus, certes, mais il avait dû entendre ce genre de propos plus d'une fois pendant son enfance.

— Regarde ce que Roula t'a apporté, dit-il en ouvrant le sac isotherme orange. Mange un peu.

Mais *kyria* Florakis n'en avait pas terminé avec ses observations.

— Que t'est-il arrivé ? demanda-t-elle à Roula. Tu étais si jolie autrefois.

Galen tenta de distraire son attention en lui montrant le fromage. En vain.

— Pourquoi se cache-t-elle ?

— *Yaya…*

— Elle est affreuse aujourd'hui.

Une infirmière entra. C'était l'heure des médicaments. À sa grande honte, Roula fut soulagée. Les joues en feu, elle ne savait plus où se mettre. Lorsqu'ils furent de retour dans la voiture, Galen renversa la tête en arrière et ferma les yeux en soupirant.

— Elle dit des choses… Tu sais, elle a passé les dix premières années de ma vie à me répéter de tourner sept fois ma langue dans ma bouche avant de parler. Et depuis dix ans, elle n'arrête pas de…

Il rouvrit les yeux et regarda Roula.

— Je suis désolé. Je suis obligé d'acheter sans arrêt des fleurs au personnel pour l'excuser.

— Pas besoin de fleurs pour moi.

— Elle ne pense pas la moitié de ce qu'elle dit…

— Je sais.

Mais c'était la moitié sincère qui était dure à entendre…

La place Kolonaki était belle.

— Le studio de Leo est là, dit Galen en indiquant un immeuble. N'hésite pas à commander une nouvelle garde-robe de travail, si…

— J'ai tout ce qu'il me faut, Galen, répliqua-t-elle d'un ton plus vif qu'elle ne l'aurait voulu.

À chaque réplique, le fossé entre eux devenait plus flagrant. Il prenait l'avion, elle le ferry. Il s'habillait sur mesure chez un des stylistes les plus en vogue et il tournait les têtes. Elle…

— À moins que tu n'exiges que ton personnel s'habille chez Leo Arati ?

— Kristina avait demandé que ce soit stipulé dans son contrat. Je voulais juste…

Galen haussa les épaules et fit signe à un portier, qui ouvrit une porte en bois. L'immeuble était spectaculaire. Un chef-d'œuvre de rénovation conservatrice, qui mêlait murs en pierre nue, fenêtres d'origine, cloisons de verre et ascenseurs extérieurs vitrés.

— C'est splendide, murmura-t-elle.

— Au début, c'est un peu difficile de se repérer, prévint Galen alors qu'ils passaient devant un agent de sécurité. Costa occupe le deuxième étage, mais pour l'instant il est encore en lune de miel. L'espace de travail principal de mon équipe de développeurs se trouve là…

Elle vit derrière une cloison vitrée une dizaine de personnes si concentrées devant leur écran qu'elles ne parurent pas conscientes de leur présence.

— Il y a aussi des bureaux privés à mon étage. Kristina t'expliquera tout ça.

Lorsque Galen lui montra comment entrer les codes des ascenseurs de verre, Roula se sentit un peu dépassée. Puis elle se rappela sa terreur le jour où elle avait commencé à travailler au centre de thalassothérapie. Elle s'en sortirait sans problème.

— Roula, je te présente Kristina.

— Bienvenue !

Kristina était habillée par Leo Arati, en effet ! Pour sa dernière journée au bureau, elle portait une petite robe noire qui moulait son ventre rond et elle était maquillée comme pour sortir le soir. *Je veux être elle.* Ce fut la première pensée qui s'imposa à Roula. Du moins, elle voulait être comme elle. Capable de porter du rouge à lèvres écarlate avec le plus grand naturel et de paraître parfaitement à l'aise dans ce genre de tenue, même avec un gros ventre… Kristina se tourna vers Roula avec un sourire crispé.

— Cette pièce sera ton bureau à partir de demain… Je vais te faire visiter le reste des locaux et t'expliquer le travail. Ensuite je t'emmènerai à l'appartement.

Elle lança un coup d'œil à Galen.

— C'est bon, nous allons nous débrouiller.

— Eh bien… tous mes vœux, répliqua-t-il. J'espère que tout se passera bien.

— Merci, Galen. À dans six semaines.

Galen disparut dans son bureau, et Roula resta interdite. C'était tout ? Au centre, le jour où une employée partait en congé de maternité, on célébrait l'événement et c'était un miracle si on avait le temps de travailler !

— Voici la salle d'attente, dit Kristina en commençant la

visite. Mais il y en a une autre au rez-de-chaussée. Je préfère que les visiteurs attendent en bas.

Lorsqu'elles firent le tour des bureaux, les gens levèrent à peine les yeux de leur écran. Quant à la salle de repos, elle était vide. Peut-être parce que le bureau du patron était en face et que toutes les cloisons étaient vitrées. Cependant, Galen ne risquait pas de surveiller qui que ce soit. Il était aussi absorbé dans son travail que les autres. Il avait six écrans devant lui !

— Nico, je te présente Roula, dit Kristina en s'arrêtant un peu plus loin.

— Salut, répliqua un jeune homme en levant à peine les yeux lui aussi.

— Maintenant, je vais t'emmener voir Dora, l'employée la plus paresseuse de la planète. Elle passe ses journées à jouer en ligne, mais dès qu'elle nous verra…

Roula réprima un sourire quand Dora tressaillit et pressa précipitamment deux touches de son clavier. Sans doute pour fermer la page affichée à l'écran. Comme ses nièces quand elles feignaient de faire leurs devoirs…

— Dora, je te présente Roula, ma remplaçante. Je lui ai dit de s'adresser à toi si elle avait des questions.

— Bien sûr, dit Dora avec un large sourire. Enchantée de faire ta connaissance, Roula.

— Merci, moi de même, répliqua Roula.

Enfin un sourire ! Le premier depuis son arrivée…

— Dora ? dit Kristina d'un ton sec. Pourrais-tu arrêter de jouer un moment pour traiter le congé de Nico, puis relancer les ressources humaines pour le contrat de Roula ?

— C'est ce que j'étais en train de faire.

Kristina émit un rire moqueur, mais elle fut interrompue par un bip de son téléphone.

— Galen a besoin de moi.

— Il t'envoie des textos ? s'exclama Roula.

Alors que son bureau était littéralement à deux pas ?

— Bien sûr. Attends-moi ici, ajouta Kristina d'un ton impérieux avant de s'éloigner.

— Elle est comme ça avec tout le monde, commenta Dora. Ne le prends pas personnellement…

Roula secoua la tête, effarée. Dans quel univers vivaient tous ces gens ?

Si Galen avait pris l'habitude d'envoyer des textos à Kristina, c'était parce que la plupart du temps il ignorait où elle se trouvait dans l'immeuble. Cependant, aujourd'hui, il était conscient de toutes ses allées et venues. Parce que Roula était avec elle…

— Oui ? dit Kristina en entrant dans le bureau de Galen.

— Vous pourriez peut-être emmener Roula à l'appartement maintenant ?

— Je lui fais juste visiter les bureaux en attendant que les ressources humaines envoient son contrat.

— Emmenez-la à l'appartement maintenant.

— D'accord.

Au moment de sortir, Kristina se ravisa.

— Galen, je voulais juste vous dire… Ruben et moi nous…

— N'en parlons plus, je vous en prie.

Un an plus tôt, quand Galen avait offert à sa loyale assistante et à son mari de prendre en charge les frais liés à une fécondation in vitro supervisée par le spécialiste le plus réputé d'Athènes, il avait bien précisé qu'il préférait éviter toute allusion à ce sujet par la suite.

— Je suis très heureux que vous ayez parcouru tout ce chemin avec succès. Enfin, en dehors du fait que je suis condamné à six semaines de zigzags…

Kristina pouffa.

— Voulez-vous que je parle à Roula de votre problème avec les imprimés ?

Sans attendre la réponse, elle ajouta :

— Je vais lui en parler. Il est dans l'intérêt de tout le monde ici que vous puissiez travailler dans la sérénité.

— Merci. Mais ensuite reposez-vous jusqu'à l'arrivée du bébé, d'accord ?

— Ne vous inquiétez pas. Merci, Galen.

Kristina quitta le bureau et rejoignit Roula.

— Je t'emmène à l'appartement.

Roula inspira profondément. Elle commençait à avoir de sérieux doutes sur son aptitude à occuper ce poste, et il valait mieux en parler maintenant…

— Kristina… je ne pense pas être faite pour…

— Nous en discuterons là-bas.

L'immeuble se trouvait dans une ruelle très étroite, si bien que le chauffeur les laissa à quelques minutes de marche.

— C'est un quartier agréable, commenta Kristina.

Agréable ? On ne pouvait pas trouver plus pittoresque et vivant… Non seulement la célèbre église Aghios Dionissios Areopagitis était toute proche, mais il y avait une foule de cafés, de restaurants, de boutiques… Elles montèrent un escalier à la rampe en fer forgé richement travaillée, puis parcoururent encore quelques mètres et arrivèrent devant un petit immeuble.

— C'est au rez-de-chaussée, dit Kristina en ouvrant la porte.

Elles suivirent un long couloir très haut de plafond avant d'arriver devant une autre porte.

— Voilà, c'est ici, dit Kristina en ouvrant et en allumant la lumière. Le ménage est fait une fois par semaine.

L'appartement était si agréable qu'il était très tentant de s'y installer sans se poser trop de questions. Malgré tout… Roula inspira profondément.

— Je ne suis pas sûre d'être qualifiée pour le poste. J'ai dit à Galen que j'avais les compétences informatiques requises et j'en étais sincèrement convaincue. Mais aujourd'hui…

— Roula, je suis diplômée à la fois en gestion et en informatique, mais je suis encore loin de comprendre tout ce qu'il fait.

— Oh…

— Galen est un génie. Et je ne dis pas ça à la légère. J'organise au mieux sa vie pour qu'il puisse se consacrer entièrement à son travail sans se préoccuper de problèmes annexes. C'est le rôle que tu devras assumer pendant mon congé. Je suggère que nous examinions en quoi il consiste exactement dans la pratique. Ensuite, tu pourras décider si tu te sens de taille ou pas, d'accord ?

Roula ne put s'empêcher d'éprouver une certaine admiration pour Kristina. Elle parlait sans détour, mais contrairement aux apparences elle n'était pas dépourvue de gentillesse. Elle avait attendu qu'elles soient en dehors du bureau pour avoir cette discussion sans témoins.

— D'accord.

Elles s'assirent, et Roula sortit de son sac un bloc-notes neuf et un stylo.

— Du mardi au jeudi, Galen travaille sur les jeux et il déteste ça. Ce seront des journées très animées pour toi. Coups de téléphone, réunions, les trucs habituels. Il y a un grand bal qui est prévu… Mais en principe je serai de retour. Et puis un nouveau jeu va bientôt être lancé. Les directeurs sont impatients de l'annoncer et ils mettent la pression sur Galen. Ce que tu dois retenir, c'est que tout ce qui concerne les jeux est traité du mardi au jeudi. Le vendredi – aujourd'hui c'est une exception – il a une réunion avec l'équipe de développement à 7 heures.

— Dois-je y assister ?

— Il faut être là à 6 heures pour recevoir le petit déjeuner livré par le café voisin, mais heureusement il est inutile de rester pour la réunion ! Une fois qu'elle est terminée et que tout le monde est parti, Galen s'enferme dans son bureau pour faire de la programmation. À partir de cet instant, ne le dérange surtout pas. Sous aucun prétexte.

— D'accord.

— Ce point est très important. Tu n'es pas obligée d'être présente au bureau, mais les appels sur toutes les lignes de Galen seront transférés sur la tienne. *Rien* ne doit le distraire de son travail. Il faut que tu saches que la maison de retraite appelle sans arrêt. Mais à moins que sa *yaya* soit mourante, règle les problèmes éventuels toi-même. Autre détail important, le lundi, il est d'une humeur massacrante. Apporte-lui son café sans un mot et ressors aussitôt. À un moment dans la matinée, il finira par renaître de ses cendres… Quoi d'autre… ? Oui, sexe et repas.

Roula cessa de prendre des notes.

— Il se fait livrer à boire et à manger. Prends les commandes apportées par le chauffeur, pose-les sur le bureau et ressors. Il ne lèvera pas les yeux de son écran.

— D'accord…

Du courage, Roula ! Tu as le même genre de problèmes à régler au centre. Un jour il a fallu que tu trouves un vibromasseur pour une cliente, rappelle-toi.

— Et donc, à propos du…

— Sexe ? Oh ! ne t'inquiète pas, il s'en occupe lui-même.

— Il faudra juste commander des fleurs et réserver des tables au restaurant, c'est ça ?

— Même pas. Ses maîtresses sont aussi pragmatiques que lui. C'est la seule ligne téléphonique qu'il ne bloque jamais. Mais si tu reçois par erreur un texto d'une de ses maîtresses, réponds juste : « Assistante personnelle ».

— Comment saurai-je que c'est l'une d'elles ?

— C'est toujours le même genre de messages. « Tu n'as pas envie de te détendre ? » ou « On se voit tout à l'heure ? » Ne t'inquiète pas, rien d'obscène.

Kristina haussa les épaules.

— Et s'il disparaît pendant un jour ou deux, c'est en général pour ça.

Allons bon…

— Ou si un après-midi tu n'arrives pas à le joindre…

— Je vois.

Il y avait aussi son portier, qu'elle pouvait appeler en cas de problème sérieux pendant une absence de Galen !

— Merci pour ce briefing, Kristina.

— Il vaut mieux que tu saches à quoi t'attendre. Ton temps ne t'appartiendra plus. Mais si le poste ne t'intéresse pas, dis-le maintenant. Il y a beaucoup de gens très intéressés. J'ai trois personnes à qui j'ai recours habituellement…

— J'ai juste eu des hésitations tout à l'heure au bureau.

— Je comprends. Mais quand tu as des hésitations, garde-les pour ici. Ne les manifeste jamais au bureau.

— C'est noté.

— Je te laisse t'installer.

Alors qu'elle se dirigeait vers la sortie, Kristina se retourna.

— Lundi matin, n'oublie pas de prendre un café pour lui au café et de le lui apporter dans son bureau, d'accord ?

— D'accord.

Au lieu de repartir vers la sortie, Kristina resta sur place et se massa longuement le front.

— Est-ce que ça va ?

— J'ai la migraine. Depuis hier soir…

Kristina n'était plus pimpante. Elle semblait sur le point de s'évanouir.

— Kristina, assieds-toi.

— N'en parle pas à Galen.

— Ne t'inquiète pas.

Roula tira les rideaux, et Kristina enleva ses chaussures pour s'allonger sur le canapé dans la pénombre.

— Excuse-moi, c'est embarrassant… Ruben… c'est mon mari… il paniquerait si je lui disais que j'ai des migraines.

— Veux-tu que je te laisse seule ?

— Non, répondit Kristina en fermant les yeux. Je vais m'en aller dans quelques minutes… Le chauffeur attend…

Son téléphone se mit à vibrer, et elle fit la moue.

— Laisse-moi regarder, proposa Roula.

Elle prit le téléphone et tressaillit à la lecture du message.

— La maison de retraite ? demanda Kristina sans ouvrir les yeux.

— Non, c'est Galen qui demande si tu m'as parlé de mon « horrible jupe à zigzags ».

Kristina pouffa.

— Il déteste les imprimés. Ça provoque des perturbations dans son cerveau. Ne le prends pas mal.

— Il n'y a pas de problème.

Roula se remémora la réclamation de Galen concernant le linge de lit. Ce n'était donc pas un caprice de client exigeant… Peut-être n'avait-il pas autant changé qu'elle l'avait cru. Peut-être le connaissait-elle juste un peu mieux. En tout cas, elle savait quelles mesures elle prendrait en tant que responsable du service client…

— Kristina, tu ne veux pas que je prévienne le chauffeur que nous en avons encore pour un moment et que tu l'appelleras quand tu seras prête à partir ?

— Ça ne te dérange pas ?

— Bien sûr que non.

Kristina s'assoupit, et Roula resta assise à regarder le ciel du crépuscule et les bagages qui attendaient d'être défaits. Ils contenaient avant tout des affaires qu'elle avait prises dans la maison de *kyria* Florakis. Au bout d'une heure, son téléphone émit un signal bruyant. Persuadée que c'était sa mère, elle déglutit péniblement en voyant que le message provenait de Galen.

Comment va Kristina ?

Elle jeta un coup d'œil à la jeune femme, qui avait été réveillée par le bruit du téléphone.

— C'est Galen. Il demande comment ça va.

— Chut…

Roula répondit :

Très bien.

Puis elle alla chercher un verre d'eau.

— Merci, dit Kristina en se redressant. Je me sens beaucoup mieux. Je vais appeler le chauffeur et rentrer chez moi.

— Bien.

C'était étrange de se sentir soudain presque amie avec Kristina, songea Roula après le départ de la jeune femme. Et c'était encore plus étrange de se retrouver seule dans cet appartement inconnu. Il était fantastique, avec une belle salle de bains et une cuisine ultramoderne. Et la chambre… Le lit était haut, avec des draps de coton blanc et des oreillers moelleux. Il y avait très longtemps qu'elle n'avait pas dormi dans un vrai lit. Son téléphone se mit à sonner. Galen ?

— Oui ?

— Je suis désolé… J'ai un dîner ce soir avec un client. Ce n'était pas prévu, mais…

— Pas de problème. Je ne m'attendais pas à ce que tu m'invites à sortir pour ma première soirée.

— Ce n'est pas un appel de politesse. Kristina n'étant pas disponible, il faut que tu viennes avec moi.

Quelle idiote !

— À quelle heure ?

— Maintenant. Le temps que tu arrives au bout de la ruelle, la voiture sera là.

Après une pause, Galen ajouta :

— Il faut aussi qu'on parle.

7.

— Je t'avais prévenue que le poste exigeait une disponibilité de tous les instants, rappela Galen quand elle monta en voiture.

— Pas de problème.

— Et je suis conscient que tu n'as pas encore signé ton contrat. Nous réglerons ça après le dîner. Avec un peu de chance, il ne s'éternisera pas. Nous dînons avec Hector, le président du conseil d'administration. Je ne pensais pas qu'il prendrait l'avion.

Il pressa le bouton de l'Interphone et parla au chauffeur. Elle tressaillit en entendant le nom du restaurant où ils allaient. Il était si prestigieux que même pour les clients du centre de thalassothérapie il n'était pas toujours possible d'obtenir des réservations !

— Galen, tu aurais dû me préciser où nous allions !

— Pourquoi ? Nous allons juste dîner.

Elle réprima un soupir. Pas étonnant que Kristina s'habille pour travailler comme si c'était pour défiler sur un tapis rouge…

— Hector veut savoir où en est le développement du jeu numéro quatre.

— Le jeu sur Anapliro ?

— Juste librement inspiré d'Anapliro. Hector est très insistant. Le conseil veut annoncer la date de parution du jeu au bal.

— Et son développement n'est pas assez avancé ?

— Pas question de discuter de ça tant que tu n'as pas signé ton contrat.

Roula eut un pincement au cœur qu'elle s'efforça d'ignorer. Il l'avait prévenue qu'il était très différent au travail… Dans la vie professionnelle, l'amitié n'entrait plus en ligne de compte. Dès qu'ils franchirent la porte du restaurant, elle se sentit horriblement mal à l'aise. Sa tenue était si peu appropriée qu'elle attirait tous les regards. Et ceux-ci étaient d'autant plus effarés que le contraste avec Galen était criant. Lorsqu'ils furent assis à table, elle tenta de plaisanter pour se donner une contenance.

— Au moins, ma jupe est cachée…

— Pardon ? dit Galen en plissant le front.

— J'ai vu le texto que tu as envoyé à Kristina à ce sujet.

— Oh !

Il grimaça.

— C'est parce que j'ai un problème avec les imprimés.

— Tu aurais pu me le dire.

— J'ai du mal à aborder ce genre de sujets…

Elle se tourna vers la fenêtre et admira la vue sur la ville avec l'Acropole en vedette.

— C'est mieux que le voyage scolaire dont je garde le souvenir, commenta-t-elle d'un ton enjoué.

Les yeux fixés sur l'écran de son téléphone, Galen ne répondit pas.

— Quelqu'un est malade à bord de l'avion d'Hector. Ils vont débarquer avec plusieurs heures de retard.

— Tu as l'air content ?

— Je le suis. D'habitude, c'est moi qui décommande.

Il leva les yeux vers le serveur qui approchait.

— Pouvez-vous nous laisser un instant, s'il vous plaît ?

— Nous partons ? demanda-t-elle.

— Non, je t'ai dit que nous devions discuter… Kristina t'a tout expliqué ?

— Oui. Elle m'a présenté le poste de manière très détaillée, en tout cas.

— Des inquiétudes ? Parce que, si c'est le cas, il faut en parler maintenant.

— Je ne vois pas, non.

La perspective de travailler pour lui de manière permanente serait insupportable, mais elle pouvait bien survivre six semaines dans le congélateur géant qui abritait ses bureaux.

— Au fait, nous sommes vendredi. Ne devrais-tu pas être enfermé dans ton bureau ?

— Je vais bientôt y aller. La journée a été un peu spéciale. Une assistante qui s'en va… une autre qui arrive. À vrai dire, de mon côté, j'ai quelques inquiétudes, Roula. Parce que, en ce moment même, Kristina est à l'hôpital, reliée à tout un tas de machines.

Roula tressaillit. Mince, elle était prise en flagrant délit de mensonge lors de son premier jour de travail.

— Comment va-t-elle ?

— Eh bien, pas « très bien », comme tu l'as prétendu. Ma question était pourtant claire.

— Galen, j'ai cru que tu voulais savoir comment ça se passait. Si nous nous entendions bien…

— En quoi ça pourrait m'intéresser de savoir si deux employées qui ne se reverront jamais s'entendent bien ?

L'irritation qui perçait dans la voix de Galen quelques secondes plus tôt était désormais évidente.

— Si je t'ai envoyé un message, c'était pour savoir comment elle allait. Tu aurais dû me répondre franchement.

— Tu veux vraiment que je t'informe quand un membre du personnel a la migraine ? Ce n'était pas l'impression que j'avais.

— Pardon ?

— Il est clair que tes employés laissent leur vie privée à la porte du bureau.

Il soupira.

— Écoute, je comprends pourquoi tu ne m'as rien dit. Mais elle va bientôt accoucher. Mon chauffeur est revenu inquiet à son sujet, si bien que j'ai voulu avoir des nouvelles.

— Je comprends.

— Roula, je reconnais que j'ai réagi de manière excessive. Mais tout à l'heure, c'était visiblement la panique pour Kristina.

— Tu ne peux pas demander des nouvelles ?

— Ruben m'a dit qu'il m'appellerait.

— Tu me tiendras au courant ?

Galen hocha la tête.

Alors qu'ils consultaient les menus, Galen remarqua le sparadrap sur le majeur de Roula. Elle en portait déjà un la semaine dernière, mais au pouce… et d'ailleurs c'était encore le cas aujourd'hui. Elle devait se ronger les ongles.

— Les *calamari* sont excellents, suggéra-t-il.

— Je déteste tout ce qui vient de la mer.

— Pas génial quand on a un mari pêcheur…

Il s'interrompit, furieux contre lui-même. Quel idiot ! Il n'était pas doué pour les plaisanteries, mais là c'était pire que tout !

— Du risotto, pour moi, dit-elle. S'il te plaît.

Roula déglutit péniblement. Pourquoi étaient-ils aussi gauches l'un que l'autre ? Elle avait lu et signé son contrat pour le poste au centre au cours d'un déjeuner avec Costa au restaurant de l'établissement. Et à chaque fois qu'elle voyait Leo, il l'invitait à déjeuner. Elle n'avait jamais été aussi empruntée. Que se passait-il ? En fait, l'explication était simple. Elle n'avait jamais dîné avec un homme qui l'attirait.

— Comment vas-tu, Roula ? demanda Galen une fois leurs plats servis. Sincèrement ?

— Je croyais que nous devions éviter les sujets personnels.

— Tu n'as pas encore signé le contrat. Peut-être que ce soir nous pouvons faire une exception ? Comment ta famille a-t-elle pris ton départ ?

— Pas très bien. Ils ne croient pas que c'est seulement pour six semaines.

— Et que comptes-tu faire ?

— Je ne sais pas. Pour l'instant, je suis en congé. Yolanda était contrariée, au début. Elle m'a dit que je n'avais jamais évoqué cette possibilité. Tu sais ce que c'est quand un employé s'en va.

— Non. Je n'arrive pas à me débarrasser des miens, plaisanta Galen avec un sourire désabusé.

De toute évidence, elle n'avait pas l'intention de lui parler de son frère.

— L'atmosphère peut paraître un peu froide au bureau au premier abord, mais tu devrais nous donner une chance.

— Oui, sans doute. Et toi, comment vas-tu, Galen ?

— Bien.

— Comment s'est passé le service militaire ?

— Ça fait des années… C'était bien. J'aimais l'entraînement, et à la place des corvées de ménage je réparais les ordinateurs. Après, je me suis installé à Athènes. Je suis retourné une ou deux fois à Anapliro pour voir *yaya*.

— J'ai entendu dire ça, oui. Elle parlait souvent de toi.

Il considéra Roula avec perplexité. Elle semblait contrariée. Pourquoi ? De toute façon, il n'avait aucune envie de s'appesantir sur le passé.

— Si on s'occupait de ça ? dit-il en ouvrant le dossier qu'il avait apporté et en le faisant glisser vers elle.

Elle parcourut le contrat. Il était généreux mais sans pouvoir passer pour un traitement de faveur accordé à une vieille amie d'Anapliro. Quant au logement, il faisait l'objet d'un contrat séparé d'une durée de huit semaines.

— J'ai prévu deux semaines de battement, expliqua-t-il. Pour que tu ne sois pas obligée de chercher à la fois un nouvel emploi et un logement.

— C'est une attention délicate.

— Oui, je suis capable d'en avoir, plaisanta-t-il en souriant.

Roula fut parcourue d'un long frisson. Que lui arrivait-il ? Jamais un sourire ne lui avait fait un tel effet. Elle était sans aucun doute la femme la plus mal habillée du restaurant mais, quand Galen lui souriait, elle se sentait presque belle… et très émue. Il pointa du doigt une ligne du contrat, et elle eut toutes les peines du monde à se concentrer sur les mots. Mais quand elle parvint enfin à les lire, elle objecta aussitôt :

— Je ne veux pas d'une prime en cryptomonnaie. Je préfère du liquide.

— L'équivalent en liquide ne suffirait pas à payer un verre de vin. Pour l'instant, c'est une prime symbolique, mais sa valeur peut augmenter très rapidement en fonction de l'évolution du projet en cours.

— J'ai des hésitations, avoua-t-elle.

— Dans ce cas, emporte le contrat chez toi pour le lire tranquillement.

Elle hocha lentement la tête. Elle était au comble de l'indécision, mais ce n'était plus le poste qui lui posait un problème. Ce n'était pas non plus la cryptomonnaie. C'était la perspective de côtoyer Galen pendant six semaines. Le seul fait d'être assise en face de lui ce soir déclenchait en elle des sensations tout à fait inhabituelles. Et très perturbantes…

Après le dîner, ils prirent le café sur la terrasse en admirant le coucher de soleil sur la ville.

— Alors, c'est toujours mieux que le voyage scolaire ? demanda Galen.

— Tellement mieux ! Nous avons sûrement devant nous la plus belle vue du monde.

— Je préfère celle qu'on a de chez moi. Un angle différent, mais…

— Ce que tu peux être arrogant ! s'exclama-t-elle en riant.

— Tu trouves ?

— Je ne sais pas, reconnut-elle après réflexion.

Autrefois déjà, il disait ce qu'il pensait sans jamais travestir la réalité. Son honnêteté était telle qu'elle en devenait parfois choquante. Mais au moins on savait toujours à quoi s'en tenir. Et puis il était également très attentionné. Depuis toujours.

— Il a neigé ici cet hiver, dit-il.

— Oui, j'ai entendu dire ça.

— La ville n'avait jamais été aussi silencieuse. J'ai marché dans les rues pendant des heures.

Ils étaient assis côte à côte sur une banquette, et elle sentait la cuisse de Galen contre la sienne. Son souffle sur sa joue. Mais elle regardait résolument la vue devant elle. Pas question de tourner la tête vers lui, même si elle en mourait d'envie. Parce que cette envie était trop forte, trop nouvelle. Trop déstabilisante…

— Il est temps que je rentre, dit-elle. Je me suis levée très tôt ce matin.

— Bien sûr.

Alors qu'ils quittaient le restaurant, Galen reçut un appel.

— Kristina va bien, dit-il après avoir raccroché. Elle doit surveiller sa tension, mais la lune de miel prénatale est maintenue.

— Quelle bonne nouvelle !

Dans la voiture, le silence s'installa et Galen s'interrogea. Comment se sentait Roula ? Obligée de changer de lieu de vie et de travail, et consciente que d'un jour à l'autre sa vie allait s'étaler dans toute la presse… D'accord, il ne se mêlait jamais de la vie des autres. Malgré tout, il ne pouvait s'empêcher de se sentir un peu responsable d'elle. Sur qui pouvait-elle compter ? Personne.

— Roula… Nous nous parlions autrefois, n'est-ce pas ?

— Oui.

— Comme je te l'ai dit en te proposant le poste, au travail les relations sont différentes, mais ça ne veut pas dire…

Bon sang, il était vraiment nul pour ce genre de discussion… La voiture s'arrêta à l'entrée de la ruelle.

— Je t'accompagne à ta porte.

— Ce n'est pas la peine.

Il ignora ce refus. *Parle-moi, Roula*, répétait-il silencieusement tandis qu'ils marchaient côte à côte dans un silence tendu.

— Merci pour le dîner, dit-elle lorsqu'ils arrivèrent devant sa porte. Et pour être venu me chercher ce matin.

— Tu ne révèles rien de ce que tu as en tête, n'est-ce pas ?

— Il ne vaut mieux pas.

— Tu sais que tu peux tout me dire, n'est-ce pas ?

— Tout ? répéta Roula.

Autrefois elle avait une telle confiance en lui qu'elle pouvait tout lui raconter. Il l'invitait à recommencer aujourd'hui. Il avait été son premier véritable ami. Le premier homme avec qui elle avait dansé. Et aujourd'hui, pour la première fois de sa vie, elle avait envie d'un baiser. Cet après-midi elle avait été briefée sur sa vie sexuelle. Elle savait qu'un baiser c'était presque rien pour lui. Alors que pour elle ce serait tout…

— J'ai envie d'être embrassée. Voilà ce que j'ai en tête.

Galen resta interdit. Mince, il voulait juste qu'elle lui parle de son frère…

— Tu veux que je t'embrasse ?

— Oui, mais, si tu m'embrasses ici, pourrons-nous en rester là ? Je veux dire que je ne t'inviterai pas à entrer.

Juste un baiser ? Deux semaines plus tôt, cette idée lui aurait paru extravagante. Mais pour elle ce serait sans doute le premier depuis son mari.

— Absolument.

Roula sentit les mains de Galen se poser sur ses bras et elle se prépara au contact de sa bouche avec une pointe de nervosité. Ses lèvres se contentèrent d'effleurer les siennes avec une telle douceur qu'elle se détendit aussitôt. Tous les bruits de la ville s'estompèrent comme si la neige était là tout à coup, en plein mois de mai. C'était un baiser si doux… Elle n'en avait jamais reçu de pareil. Les mains de Galen remontèrent sur ses bras, et ses doigts s'enfoncèrent dans ses cheveux. Lorsque la pression de ses lèvres s'accentua, ce fut elle qui entrouvrit les siennes. Sentir sa langue se glisser entre elles fut l'expérience la plus belle qu'elle ait jamais vécue. C'était comme rire et danser de joie. C'était… Enivrée par ce baiser magique, elle enfonça les doigts dans les cheveux de Galen. Elle sentit les siens effleurer sa nuque, descendre lentement le long de son épine dorsale, et s'immobiliser au niveau des attaches de ses deux soutiens-gorge. Puis sa main poursuivit sa descente, et son bras se glissa autour de sa taille. L'espace d'une seconde, elle ouvrit les yeux. Ceux de Galen étaient fermés. Alors elle referma les siens, humant avec délices le parfum d'agrumes qui émanait de lui et priant pour que ce baiser dure toujours. Lorsqu'il y mit fin, ils restèrent un moment front contre front, le temps de reprendre leur souffle.

— Rentre, finit par dire Galen d'une voix légèrement altérée.

En principe, dans ce monde et dans ce siècle, elle devrait

déjà être dans l'appartement le dos contre le mur, les jambes nouées autour des reins de Galen… Elle le savait. Mais ce baiser suffisait à la combler.

— Merci, murmura-t-elle.

— Ce fut avec plaisir. Il se pourrait que nous recommencions, mais pendant ton jour de congé. Pas une minute avant.

Elle pouffa, et il s'éloigna.

Puis il fit brusquement demi-tour et revint vers elle.

— Roula.

— Oui ?

— Porte des zigzags.

Elle plissa le front.

— Des pois, des rayures…

Ils restèrent un moment les yeux dans les yeux. Le cœur battant, elle sentit une douce euphorie l'envahir. Quelle joie de voir dans son regard que leur baiser l'avait affecté !

— Quoi que tu aies apporté dans ces bagages, ça conviendra…

Entre le tremblement de ses doigts et le fonctionnement de la serrure qu'elle ne connaissait pas, elle mit une éternité à ouvrir la porte. Depuis le seuil, elle adressa un signe de la main à Galen.

8.

Le téléphone de Roula émit une sonnerie. Puis une autre. Il lui fallut un moment pour comprendre où elle se trouvait. Au lit. La couverture était chaude et l'oreiller moelleux. Elle désactiva la fonction réveil et resta allongée. Ses pensées la ramenèrent des années en arrière. Un jour, en apportant ses courses à *kyria* Florakis, elle avait remarqué la photo d'un jeune homme en uniforme.

— C'est Galen ? avait-elle demandé en souriant.

Studieuse, enjouée, confiante dans sa réussite scolaire, et pas vraiment intéressée par les garçons, elle éprouvait pour son corps une vague curiosité qu'elle préférait ignorer. Du moins, elle essayait. Un matin, des semaines ou peut-être même des mois après avoir vu cette photo, elle avait été réveillée par des coups frappés à la porte de sa chambre. Et arrachée à un rêve dans lequel elle échangeait des baisers ardents avec Galen qui la couvrait de caresses.

— Roula !

Sa mère lui avait crié qu'elle allait être en retard au collège, mais elle ne s'était pas levée tout de suite. Le souffle court, parcourue de délicieux frissons, elle était restée un moment allongée les yeux fermés, avec une envie folle de retourner dans ce rêve où sa timidité habituelle avait disparu. Elle avait commencé à explorer son corps en imitant les caresses de Galen et en murmurant son nom. Peu à peu elle s'était enhardie. Guidée par les sensations de plus en plus agréables qui l'envahissaient, elle avait glissé la main entre ses cuisses.

— Roula !

Le deuxième appel de sa mère l'avait ramenée brutalement à la réalité. Une réalité sur le point de devenir cauchemardesque. Le même jour en fin d'après-midi, à son retour du collège, elle avait été informée qu'un mari avait été choisi pour elle. Son cœur s'était gonflé de joie. Galen revenait à Anapliro ! La déception lui avait coupé les jambes.

— Tu vas épouser Dimitrios Drakos.

Aujourd'hui elle avait oublié les sensations qu'elle avait éprouvées ce matin-là dans son lit. Elle se rappelait juste avoir eu le sentiment d'être sur le point de faire une découverte grisante. Mais par la suite, son expérience du sexe avait été si éloignée de tout ce que ce rêve avait déclenché dans son corps qu'elle avait refoulé ce souvenir. Voilà pourquoi ce matin, allongée dans un lit douillet, elle ne ressentait rien. Absolument rien. D'ailleurs, elle n'avait même pas rêvé. Cependant, il y avait quand même eu ce baiser… Et aujourd'hui elle commençait à travailler pour Galen. Elle n'avait aucun regret ni aucune appréhension à l'idée de se retrouver en face de lui. Nul doute que pour lui ce baiser n'était déjà rien d'autre qu'un souvenir lointain. Comme un verre de vin qu'il aurait goûté, apprécié puis oublié.

Elle mit une robe marron à motifs gribouillis jaunes, resserrée par une ceinture en tissu assorti, puis elle enfila ses chaussures marron à talons plats. N'ayant pas envie de confectionner un chignon, elle se contenta d'attacher ses cheveux sur la nuque. Elle arrivait sur la place Kolonaki quand son téléphone sonna. Premier appel transféré.

— *Kalimera.*

— Je suis en route, dit une voix.

— Qui est-ce ?

— Joe.

— Merci, Joe. Je suis Roula…

Il avait déjà raccroché. Le portier ne fut pas particulièrement aimable non plus, parce qu'elle n'avait pas été inscrite sur sa liste.

— Je travaille pour Galen Pallas, expliqua-t-elle. Je remplace Kristina pendant son congé.

Il finit par la laisser passer en maugréant. Ensuite, un vigile contrôla son sac. Bonjour, l'ambiance… Lorsqu'elle arriva dans le bureau de Galen, il était plongé dans l'obscurité. Seuls les écrans étaient allumés. Elle posa le gobelet de café sur le bureau sans faire de bruit. Galen sentit un parfum familier et leva les yeux malgré lui.

— *Kalimera*, dit-il malgré lui aussi.

Puis, toujours malgré lui, il étudia Roula. Pas de chignon aujourd'hui, mais une queue-de-cheval lâche qui n'escamotait pas la couleur de ses cheveux. Mais – Dieu merci ! – sa robe était épouvantable.

— *Kalimera*, répondit-elle.

Contrairement à son habitude, il ne reporta pas immédiatement son attention sur son écran. Il pouvait bien faire preuve d'un peu de courtoisie. C'était son premier jour, après tout.

— Quoi de neuf ?

— J'ai déjeuné avec Leo samedi et je suis allée à la messe…

Elle s'interrompit. Il parlait du travail, bien sûr…

— Joe est en chemin.

— Bien. Je vais prendre une douche rapide.

Tandis que Galen se dirigeait vers une des nombreuses portes vitrées, elle prit un sac-poubelle et commença à mettre de l'ordre, comme elle l'aurait fait au centre. Elle rassemblait des gobelets de café et des sachets vides quand la voix de Galen la fit tressaillir.

— L'équipe d'entretien s'en occupe.

— Je m'en doute, mais je…

— Non, laisse s'il te plaît.

— D'accord.

Les notes d'agrumes du parfum de Galen embaumaient la pièce. Il avait dû se raser sous la douche, parce qu'il n'était resté absent que quelques minutes. Il s'était également changé. En jean noir et pull fin gris, il était plus beau que jamais.

— Tout va bien ? demanda-t-il.

— Oui.

— Pas de gêne entre nous ?

— Pas la moindre, répondit-elle avec un sourire malicieux. J'ai été embrassée dix fois depuis vendredi soir…

Galen sourit. *Eh bien moi, rien.* En fait, depuis que Costa l'avait informé de son mariage à Anapliro, il n'y avait rien eu. À part un baiser… Et malgré le désordre qui régnait dans son bureau, il n'avait pas beaucoup travaillé non plus. En tout cas, pas assez par rapport à d'habitude. Vendredi soir il était revenu au bureau irrité contre lui-même. Ensuite il avait été distrait par la pensée qu'elle reviendrait au bureau lundi matin. Et maintenant il était distrait par sa présence. Parce qu'il y avait ce parfum ensoleillé et ces motifs invraisemblables qui dansaient devant ses yeux. Mais ce n'était pas l'imprimé de sa robe qui le perturbait. C'était tout autre chose…

— Il faut que je me remette au travail.

— Bien sûr.

Roula quitta le bureau de Galen et eut la bonne surprise de découvrir dans la salle de repos une machine à café ultramoderne. Pourquoi préférait-il boire celui du café ? Il y avait également un réfrigérateur rempli de boissons gazeuses caféinées. Sa drogue favorite ! Et sur la table une grande jarre de billes au chocolat. Pour aller à la salle de repos, elle devait passer devant le bureau du patron. Mais Galen avait en permanence les yeux rivés sur ses écrans.

Galen s'efforçait de ne pas lever les yeux. Il expira lentement. Elle retournait dans la salle de repos pour prendre une nouvelle poignée de billes au chocolat. Tous les employés en faisaient autant depuis toujours. Mais ce matin, pour la première fois, il envisageait de changer la jarre de place. Parce qu'il ne pouvait pas s'empêcher de guetter le passage de Roula pour contempler ses fesses. Même enveloppées de l'imprimé le plus hideux qu'il ait jamais vu ! Elle était partout. Son parfum, sa voix…

Le jeudi soir avant de partir, Roula posa sur le bureau de Galen le dîner livré par le café.

— Galen ?

Il l'ignora.

— Galen ? Ton dîner.

— Oh oui…

Il se redressa et tendit la main vers la barquette enveloppée dans du papier aluminium.

— Merci ! lança-t-elle d'un ton sarcastique en sortant.

Puis elle referma la porte vitrée sans prendre les précautions habituelles pour ne pas faire de bruit. Et au lieu d'être effrayée par sa propre audace, elle eut envie de danser. Elle était enfin elle-même ! Ou du moins elle commençait à devenir elle-même. Même si elle ne savait pas encore exactement qui elle était…

Le samedi matin, Roula consultait les offres d'emploi sur Internet et mettait son CV à jour quand la maison de retraite appela. Une fois de plus !

— *Kyria* Florakis a eu une nuit très agitée. Encore des cauchemars. Nous voudrions savoir si nous pouvons augmenter la dose de somnifères.

— Ce n'est pas moi qui peux vous en donner l'autorisation, répondit-elle. Mais je viens tout de suite.

La vieille dame souriait quand elle arriva.

— *Kyria* Florakis, comment allez-vous ?

— J'ai froid.

— Je vous ai apporté des *lipsopita*. Il faudrait que je me calme sur les sucreries, mais honnêtement…

Elle était incapable de résister aux tentations offertes par les pâtisseries et les cafés d'Athènes. Aujourd'hui, elle avait craqué pour des petits gâteaux à la carotte et aux zestes d'orange.

— C'est bon ! approuva *kyria* Florakis.

Puis elle demanda à Roula de lui donner une photo posée sur une étagère. En prenant le cadre, Roula sentit sa gorge se nouer à la vue de Galen bébé avec ses parents. Il était tout le portrait de son père. Avec peut-être dix ans de moins.

— Trop vieux pour elle, commenta *kyria* Florakis. J'avais dit que ça ne mènerait à rien de bon.

— Ils semblent heureux.

La mère de Galen avait les cheveux et les yeux noirs. Sur la photo, elle était vêtue d'un corsage blanc très sobre, sur lequel elle portait une croix dorée. Elle enveloppait son fils d'un regard ébloui.

— Votre fille était très belle.

— Oui.

Kyria Florakis montra Galen en souriant.

— Un petit garçon effronté. Sans arrêt en train de parler.

— Vraiment ?

— « Pourquoi ? Pourquoi ? Pourquoi ? »

Elles bavardèrent un moment, mais les propos de *kyria* Florakis devinrent vite incohérents. Cependant, la vieille dame était souriante quand Roula prit congé. Non, il n'était pas nécessaire de déranger Galen pour l'informer de la requête du personnel, décida-t-elle en quittant la maison de retraite. Quelques instants plus tard, elle s'arrêta devant une boutique tellement chic que sa vitrine ne contenait qu'un seul article. Une robe droite en lin bleu pâle avec une fleur rouge au niveau d'une hanche. C'était la première fois qu'un vêtement la tentait. Elle entra dans le magasin mais, avant qu'une vendeuse ait le temps de la saluer, elle fit demi-tour. Puis ce fut un salon de coiffure qui attira son regard. *Arrête de te cacher. Sois courageuse.* Elle entra.

— Je me demandais… Mes cheveux sont si…

— Nous allons les couper à sec et les laver après, dit la coiffeuse, qui devait avoir à peu près son âge.

— Ne coupez pas trop, s'il vous plaît.

Elle resta muette de consternation face au miroir, tandis que ses cheveux tombaient sur le sol. Ensuite, pendant le shampoing, la tête renversée en arrière, elle ferma les yeux en se maudissant. Que lui avait-il pris d'entrer dans ce salon ? Alors qu'elle retournait voir la coiffeuse pour le brushing, son téléphone émit un signal. Un texto venait d'arriver.

J'ai besoin de me détendre.

Immédiatement suivi par un second.

Pas toi ?

Apparemment, une certaine Pandora avait envie de « voir » Galen. Roula serra les dents. Il était très tentant d'envoyer un message à Galen pour lui rappeler qu'il était censé travailler… Non, en fait, elle aimerait surtout lui parler de sa *yaya*. Mais mieux valait s'en tenir aux consignes et jouer consciencieusement son rôle. Elle répondit à Pandora.

Assistante personnelle

Elle reçut aussitôt une réponse.

Oups ! Désolée !

— C'est mieux, annonça la coiffeuse.

S'attendant au pire, Roula leva les yeux. Ce fut une bonne surprise. Oui, en effet, c'était mieux. Ses cheveux étaient presque aussi longs qu'avant, mais ils semblaient plus souples, plus vigoureux, avec plein de petites boucles qui transformaient son visage. Elle sortit du salon le cœur léger, et marcha dans les rues en lançant des coups d'œil fréquents à son reflet dans les vitrines.

Au travail, personne ne remarqua quoi que ce soit. De toute façon, elle passait son temps à répondre au téléphone. Joe annulait, la maison de retraite s'impatientait… Lorsqu'elle apporta son café à Galen, il ne lui accorda pas un seul regard.

— *Kalimera*, dit-elle, transgressant la règle du silence obligatoire du lundi matin.

Galen ne répondit pas. Il avait eu conscience de l'arrivée de Roula, bien sûr. Sa présence dans l'immeuble était une distraction permanente. Et dès qu'elle ouvrait la porte de son bureau, son parfum envahissait tout l'espace. Il avait pris un tel retard qu'il devait absolument travailler… Il finit malgré tout par lever les yeux. Robe à pois à mi-mollets avec ceinture assortie, et boucles de méduse…

— Quoi ?

Roula réprima une moue désabusée. « Hargneux » était sans doute le qualificatif le plus approprié pour décrire ce ton…

— La maison de retraite a téléphoné pour demander s'il était possible d'augmenter la dose de somnifères de *kyria* Florakis.

— Tu n'as pas autorisé une modification du traitement ?

— Bien sûr que non. Je leur ai dit que c'était avec toi qu'il fallait en discuter. Mais quand je l'ai vue, elle semblait aller bien.

— Tu es allée là-bas ?

— Juste pour vérifier comment elle allait. Nous avons pris un café. Oh ! et il y a eu un message de Pandora, ajouta-t-elle d'un ton qu'elle espérait léger.

— Oui.

— Je l'ai informée que je l'avais reçu par erreur…

— Elle me l'a dit.

Galen fixa de nouveau le regard sur son écran. Bon sang, il mourait d'envie de la prendre sur ses genoux et de l'embrasser ! Il précisa qu'il avait décliné l'invitation de Pandora, puis il prit un anti-acide au lieu de boire son café.

— Oh ! ajouta-t-elle en se dirigeant vers la sortie. Tu vois Hector à 10 heures.

— Non… Pas le lundi.

— Je sais… Mais il regrettait terriblement de ne pas avoir pu venir au restaurant samedi. Et comme Joe a annulé…

— Joe est le chef de mon équipe de développement, coupa-t-il en s'exhortant au calme. En ce moment même, il travaille comme un forcené.

— Oh ! mon Dieu ! J'ai confondu leurs fonctions respectives. J'annule Hector immédiatement.

— Laisse. Ne change rien.

— Hector !

Roula accueillit le président du conseil d'administration avec un sourire chaleureux et le conduisit dans la salle d'attente.

— Asseyez-vous, je vous en prie. Galen ne devrait pas en avoir pour trop longtemps.

Quel mensonge ! Il en avait pour des heures. Et le problème avec les cloisons vitrées… c'était qu'Hector ne cessait pas de la regarder. Elle comprenait mieux pourquoi Kristina préférait faire attendre les visiteurs au rez-de-chaussée. Elle se leva et gagna le bureau de Galen.

— Galen, Hector s'impatiente.

— Roula, c'est *lui* qui a demandé ce rendez-vous. Je l'ai prévenu que je n'avais pas le temps.

— Mais maintenant il est là. Tu te sentiras mieux quand ce sera terminé et que tu seras débarrassé.

Réprimant un soupir exaspéré, Galen se leva pour participer à une réunion qu'il avait voulu annuler. Et pour couronner le tout, son assistante était là, comme un arbitre pendant un match de tennis. Il était beaucoup trop conscient de sa présence. Et de son rire qui fusait à chaque plaisanterie d'Hector… Mais ce dernier redevint sérieux.

— Ce que nous aurions besoin de connaître, c'est l'état d'avancement des travaux relatifs au jeu numéro quatre.

Galen resta silencieux. Du coin de l'œil, il vit Roula boire une gorgée d'eau.

— Dans l'idéal, insista Hector, nous aimerions annoncer la date de lancement au cours du bal…

Galen continua de garder le silence. Il avait besoin de travailler dans le calme absolu. Or, si Hector pressentait qu'il avait presque terminé le jeu, le cirque commencerait et il aurait tout le monde sur le dos. Roula s'agita imperceptiblement sur sa chaise. Réprimant un soupir, il finit par déclarer :

— J'ai pris l'engagement que le jeu serait terminé avant la fin de l'année. Le premier semestre n'étant pas encore achevé, je suis largement dans les temps.

La réunion s'acheva sur cette constatation, et Galen fut très conscient de la poignée de main et des sourires chaleureux échangés par Hector et Roula. La mine réprobatrice de cette dernière quand elle rassembla ses affaires ne lui échappa pas non plus.

— Qu'y a-t-il ?

— Je ne comprends pas pourquoi tu ne reconnais pas que le jeu est quasiment terminé.

— Oh ! tu sais ça, toi ?

— Nico m'a dit…

— Ton nouvel ami ?

Elle arqua les sourcils.

— On s'entend bien, oui.

— Tu n'as pas la moindre idée du cirque qui va commencer dès que j'aurai achevé le développement du jeu.

— De toute façon, ce cirque, tu ne pourras pas l'éviter. Alors plus tôt le projet sera terminé, plus tôt tu seras débarrassé.

— Je n'ai pas besoin de tes conseils, Roula. Et pendant que nous y sommes, quand tu m'apportes du café et des pâtisseries, il est inutile d'attendre que je réagisse.

— C'est juste pour m'assurer que tu es conscient que ta commande est arrivée.

— C'est inutile ! Quand tu t'attardes, tu…

Tu me déconcentres ! Il se leva.

— Je sors. Aucun transfert d'appels, s'il te plaît.

Après le départ de Galen, Roula resta un instant immobile, un peu étourdie. Ils venaient d'avoir une querelle… mais très différente de celles qu'elle avait connues auparavant. Elle n'avait pas éprouvé la moindre appréhension. Au contraire, elle avait ressenti une certaine… La sonnerie de son téléphone l'arracha à ses réflexions.

— Allô ?

Quelques secondes plus tard, elle remercia le policier de l'avoir prévenue. Curieusement, elle avait réussi à parler normalement. En revanche, ce fut sur des jambes tremblantes qu'elle regagna son bureau. Son téléphone sonna de nouveau. Comme il fallait s'y attendre, c'était sa mère. Affolée, bien sûr.

— Roula, une voiture vient de s'arrêter devant la maison et des policiers en sortent. Que se passe-t-il ?

— *Mama*…

Roula entendit une voix masculine demander :

— *Kyria* Kyrios ?

Puis la communication fut coupée.

9.

— Où est Roula ? demanda Galen à son retour.

Dora haussa les épaules. Il réprima un soupir. Elle devait être sortie déjeuner. Mais ça n'avait pas grande importance. Ça ne devrait pas en avoir, en tout cas. Ses employés n'étaient pas enchaînés à leur bureau, et elle pouvait être n'importe où. Mais il voulait discuter de ce qui s'était passé ce matin. Calmement. Coucher avec elle ? Oui, pour la première fois, il voulait coucher avec une femme avec qui il travaillait, pour en finir. *Au réveil tu me détesteras*, *Roula !* Oh ! c'était sans aucun doute ce qui arriverait, parce qu'il n'était pas son mari. Et ensuite, ils pourraient peut-être se remettre au travail sereinement.

Galen reprit un anti-acide. Il se réunit avec Joe, puis avec Nico. Et ensuite il reprit la programmation. Au moins, quand elle n'était pas là, il pouvait travailler en paix. Cependant, c'était une paix un peu… vide. Il commanda de la *bougatsa*, une pâtisserie à base de pâte filo garnie de crème vanillée à la semoule. Mais elle lui fut apportée en silence. Par Dora.

— Où est Roula ? demanda-t-il de nouveau.

— Elle a pris sa journée.

— Que se passe-t-il ?

— Un problème familial.

Dora ferma silencieusement la porte en sortant. Réprimant un juron, il prit son portable pour consulter la presse. Et il eut l'impression de recevoir un coup de batte de cricket sur la tête. La vie de Roula venait de s'effondrer, et personne n'avait songé à le prévenir. Il se rendit dans le bureau de son assistante et prit les appels. Costa, Leo, Yolanda en larmes. À chaque fois, il répondit brièvement mais poliment, tout en consultant les rares mises à jour de la nouvelle sur son téléphone. Nouveau coup de téléphone. La mère de Roula.

— J'ai besoin de parler à ma fille.

— Roula n'est pas au bureau aujourd'hui, répondit-il sobrement comme s'il était le réceptionniste.

— Dans ce cas, donnez-moi le numéro de son fixe.

— Je suis désolé, je ne le connais pas.

— Mais elle ne prend pas mes appels…

Galen réprima un soupir. Elle ne prenait pas les siens non plus.

— Quoi ? demanda Roula quand il pressa le bouton de l'Interphone.

— C'est moi.

— Si tu es venu pour me licencier, dis-le maintenant.

— Te licencier ? Roula, laisse-moi entrer.

Elle déclencha l'ouverture de la porte, et il la trouva en pyjama rayé rose et blanc, le visage encadré de boucles folles. C'était la première fois qu'il la voyait les cheveux défaits… Il fut assailli par une bouffée de désir qu'il s'efforça d'ignorer.

— Je voulais juste voir comment tu allais. J'ai appris la nouvelle.

Elle montra la télévision allumée.

— Comme tout le monde.

— Je suis vraiment désolé, Roula.

— Il ne faut pas. Je m'y attendais. Je sais que j'aurais dû t'en parler, mais je pensais avoir quelques semaines de répit.

Elle montra de nouveau la télévision allumée. Bon sang, un hélicoptère survolait Anapliro, constata-t-il. Et il y avait des journalistes à la fois là-bas et à Athènes, où son frère était visiblement détenu.

— La maison de Nemo, dit Roula en commentant l'image. J'ai trouvé la bonbonne de gaz de Dimitrios dans le garage. Ils n'en ont pas encore parlé…

Attention, il n'était pas censé être au courant, se dit-il.

— Ta mère a téléphoné au bureau il y a quelques minutes.

— Je viens juste d'essayer de l'appeler. Je pense qu'elle fait sa déposition. Elle ne sait pas encore que c'est moi qui ai prévenu la police. Elle ne me le pardonnera jamais.

— Ce n'est pas certain.

— Si, et tu le sais aussi bien que moi.

— S'il a tué ton mari, tu as le droit de haïr…

— Tais-toi ! coupa-t-elle en se bouchant les oreilles.

Il déglutit péniblement. Il était tellement nul pour ce genre de choses…

— Éteins la télé, Roula.

Roula secoua la tête et vacilla sur ses jambes.

— Je veux voir ma maison. Et entendre ce qu'ils disent.

— Roula…

Galen referma les mains sur ses bras et la tint fermement. Au lieu d'être rebutée par ce geste, elle se sentait réconfortée, constata-t-elle avec surprise.

— Tu ferais vraiment mieux d'éteindre, insista-t-il.

— C'est ma vie.

— Je sais.

— Je croyais être préparée.

— Je sais.

— Non, tu ne sais pas.

Personne ne savait.

— Viens, nous allons chez moi.

— Non.

— Si.

— Me cacher ne résoudra rien.

— Pendant quelque temps, ça peut aider un peu. Je filtrerai les appels sur ton téléphone, et nous pourrons regarder des films.

— Ils vont me haïr quand ils sauront que c'est moi qui ai dénoncé mon frère… et tu veux regarder un film ?

— Oui. Tous les ans pour l'anniversaire de la mort de mes parents, je fais le noir dans l'appartement et je regarde des films en attendant que les heures passent…

— Toute la journée ?

— Tout au long d'une journée dont je ne garde aucun souvenir, acquiesça-t-il en la tenant toujours par les bras. Viens avec moi. Ne subis pas ça toute seule.

10.

Roula était toujours en pyjama quand Galen pénétra dans le parking souterrain d'un immeuble. Quelques instants plus tard, ils montaient dans un ascenseur ancien, qui les conduisit directement à un appartement plongé dans l'obscurité.

Galen alluma quelques lampes et tamisa la lumière. Elle distingua plusieurs canapés, des œuvres d'art et d'autres objets, mais son regard fut avant tout attiré par un énorme globe.

— Viens, dit-il en la prenant par le bras. Je vais te faire visiter.

— Je n'ai pas besoin d'une visite.

— Alors moi non plus.

Il faisait si sombre que, lorsqu'ils furent installés sur le canapé, elle dut chercher son verre à tâtons. Elle but une gorgée et grimaça.

— Qu'est-ce que… ?

— De l'anti-acide. Mia m'a empoisonné.

Roula pouffa, mais elle redevint très vite sérieuse.

— A-t-elle envoyé un message ?

— Pas encore. Mais Yolanda a appelé. Et aussi Costa, Leo…

— Est-ce qu'on pourrait éviter d'en parler ?

— Bien sûr.

Galen suggéra un film.

— Tu regardes les films sur un ordinateur ? s'exclama-t-elle quand il ouvrit son ordinateur portable. Je t'aurais cru mieux équipé.

— L'écran est dans ma chambre.

— Galen !

Elle pouffa malgré elle, et se leva. Le lit était immense, et ils s'installèrent confortablement. Galen commanda à manger, et ils regardèrent un navet. C'était tellement agréable de ne pas parler de ce qui se passait…

— J'aurais dû apporter des affaires de toilette, dit-elle quand le film fut terminé.

— J'ai tout ce qu'il faut.

Galen disparut dans la salle de bains et en ressortit avec une trousse de toilette.

— Je choisis parfois le modèle pour femme quand je prends l'avion. Pour les invitées…

Nul doute qu'il voyageait en classe affaires. L'étui était somptueux et garni de produits luxueux. Mais Roula était si tendue qu'elle se contenta de se brosser les dents. Et elle prit une décision.

— Je vais appeler ma mère, déclara-t-elle en regagnant la chambre.

— Si je consultais tes messages d'abord ?

Elle hocha la tête.

— Je vais prendre une douche, annonça-t-il en prenant leurs téléphones. Les chambres d'amis donnent dans le couloir, si tu veux t'installer. La deuxième ou la troisième porte.

Mais lorsqu'il disparut dans la salle de bains, au lieu de quitter la chambre, elle s'assit sur le lit. Elle n'avait pas envie d'être seule cette nuit. Mais elle n'avait pas non plus envie de sexe. Ou plutôt si, mais pas avec un pyjama affreux et les jambes pas épilées. Ça lui était arrivé trop souvent pendant son mariage. Peu importait son aspect ou sa tenue, elle y avait droit toutes les nuits… Aujourd'hui elle voulait se sentir séduisante. Pas seulement pour Galen. Pour elle-même.

— Toujours là ? demanda-t-il en sortant de la salle de bains, une serviette nouée sur les hanches.

— Je voudrais savoir ce qui se dit. Tu as écouté mes messages ?

— Oui. Tu veux qu'on aille dans le salon pour le débriefing et qu'ensuite je te montre une chambre d'amis, ou bien tu préfères qu'on discute ici, au lit ?

Elle sentit ses joues s'enflammer. Pourquoi fallait-il qu'il soit toujours aussi direct ?

— Ici, mais…

— Roula, j'ai une règle, commença-t-il tout en ouvrant et en fermant plusieurs tiroirs.

— Laquelle ?

Il tapota son annulaire.

— Les alliances ne m'excitent pas. Juste pour que ce soit bien clair.

Elle détourna les yeux quand il dénoua sa serviette pour enfiler un pantalon de pyjama. Qui n'avait jamais servi, à en juger par l'étiquette encore accrochée à la ceinture.

— Viens, dit-il en se glissant sous les draps.

Elle le rejoignit en s'efforçant de ne pas dévorer des yeux ses épaules musclées encore humides.

— Tu ne te sèches jamais complètement ? lui demanda-t-elle.

— Uniquement les parties les plus importantes. Très consciencieusement. Le reste…

À la grande satisfaction de Galen, les joues de Roula s'empourprèrent et la tristesse qui assombrissait son regard s'estompa. Malheureusement, ça n'allait pas durer, songea-t-il avec un pincement au cœur. Il avait écouté la tirade de sa mère. Les avocats de Nemo, ainsi que toute sa famille, attendaient d'elle qu'elle collabore à la défense de son frère. C'était quand même un comble ! Si seulement il pouvait la garder cachée pendant six mois… Il était prêt à tout pour la protéger.

— Ta mère a laissé un message, mais je pense que tu ferais mieux d'attendre demain pour la rappeler. L'atmosphère est un peu… tendue, dit-il avec une petite moue de dérision.

Roula expira lentement. Elle appréhendait tellement la réaction de sa mère ! Jamais elle n'aurait imaginé que quelqu'un pourrait lui en parler sans accentuer son angoisse. Galen poursuivit le résumé de ses messages, en réussissant à dédramatiser un peu la situation, sans pour autant minimiser sa gravité.

— Comment te sens-tu ? demanda-t-il d'une voix douce.

— Bizarrement, ça va à peu près. Merci de m'offrir un refuge. Et toi, tu te caches ici tous les ans pour l'anniversaire de la mort de tes parents ?

Galen réprima un soupir. Qu'est-ce qui lui avait pris d'avoir fait cette confidence ?

— Oui.

— Tu ne te souviens pas d'eux ?

— C'est ce que j'ai toujours cru. Mais depuis quelque temps… Je ne sais pas… Il y a des moments où… Roula, je n'aime pas parler de ça.

— Et moi, je n'aime pas parler de mon frère. Pourtant, nous voici tous les deux en train d'avoir cette discussion… À ce propos, il y a une chose que je voulais te demander. Pourquoi n'as-tu pas pris les fleurs que j'avais cueillies pour ta grand-mère, à Anapliro ?

— Si tu continues avec tes questions, je vais t'envoyer dans la chambre d'amis, plaisanta-t-il.

À moitié.

— Pourquoi évites-tu de lui parler d'Anapliro ? insista Roula.

— Elle a trop de mauvais souvenirs là-bas. Je voudrais qu'elle finisse ses jours le plus paisiblement possible. Je lui ai causé assez de soucis.

— À mon avis, tu lui as aussi apporté du réconfort.

— Je n'en suis pas sûr. Je n'étais pas un enfant facile. J'étais bizarre… Je n'ai pas parlé avant quatre ans…

Roula plissa le front. Sa grand-mère ne lui avait-elle pas dit qu'il posait tout le temps des questions ? « Pourquoi ? Pourquoi ? Pourquoi ? »

— Elle voulait que j'embrasse les photos de mes parents, que je pleure. Je lui répondais qu'ils étaient des étrangers pour moi.

— Galen, ta grand-mère a envie de parler d'Anapliro.

— Mais quand elle en parle, ça la perturbe. Elle s'agite. Et ensuite elle pleure.

— Je sais que c'est dur mais, si tu l'écoutais, ça vous ferait sans doute du bien à tous les deux.

— Merci, docteur Roula. À mon tour de te poser une question.

Galen fit remonter sa main le long du bras de Roula jusqu'à son épaule.

— L'autre soir j'ai cru sentir… deux soutiens-gorge ? murmura-t-il en défaisant le premier bouton de sa veste de pyjama.

Roula retint son souffle, à la fois parcourue d'un frisson agréable et embarrassée par ses dessous hideux. Mais il s'arrêta après le deuxième bouton.

— Sommes-nous en train de franchir une limite, Galen ?

— Plus ou moins, répondit-il en faisant redescendre sa main le long de son bras. Mais nous avons des circonstances atténuantes.

— C'est vrai.

— Cependant, nous devons rester raisonnables. Parce que nous travaillons ensemble, et aussi parce que tu n'es pas comme moi. Tu me l'as dit, et je le respecte.

— Je t'ai dit ça quand ?

— Tu le sais bien. Au mariage, quand je t'ai proposé une aventure sans lendemain et que tu as refusé. Tu te souviens ?

Roula hocha la tête.

— J'ai très envie de toi, poursuivit-il d'une voix profonde. Je te trouve incroyablement sexy, et par moments j'ai l'impression que tu partages mon désir…

— Mais ?

— Eh bien… Si tu as attendu aussi longtemps après…

Bon sang ! Il n'arrivait même pas à prononcer son nom !

—… ton mari, c'est peut-être justement parce que tu cherches autre chose qu'une simple aventure. Or c'est tout ce que je suis capable de t'offrir, Roula. En dehors du sexe, je ne suis pas doué pour les relations. Je ne…

— Galen, très honnêtement, je ne suis pas prête pour une relation. Mais il y a un point sur lequel je ne suis pas d'accord avec toi. Tu es très doué pour les relations, au contraire. Si tu as des amis fantastiques, ce n'est pas par hasard. Et en ce qui concerne le bureau, je me suis trompée. L'atmosphère y est beaucoup plus chaleureuse que je l'ai cru au début, et ton personnel t'est très dévoué. Ça non plus, ce n'est pas par hasard.

— Peut-être. Mais je parlais des relations amoureuses. J'ai essayé quand j'étais plus jeune, ça n'a jamais marché. Je crois que je suis trop franc.

— C'est-à-dire ?

— Par exemple, un jour, une fille m'a demandé à quoi je pensais alors que nous étions au lit, juste après avoir couché ensemble… C'était à une époque où nous avions encore des problèmes de budget, Costa et moi, et je faisais des calculs. Je le lui ai dit, et ça a provoqué un drame.

— Parce que tu faisais des calculs ?

— Oui, juste après le sexe. Quand on est censé… tu sais… flotter…

Flotter ? Roula s'efforça de masquer sa perplexité. Non, elle ne savait pas… Une mèche tomba sur ses yeux, et Galen la remit en place.

— Elle l'a vraiment très mal pris. Je te l'ai dit. Il ne faut pas attendre de moi autre chose que du sexe. Mais même si tu changeais d'avis et si ça te tentait, ce soir, il vaut mieux rester raisonnables. Je t'ai amenée ici pour te mettre à l'abri de la tempête et je refuse de profiter de la situation. Parlons plutôt travail. Cet après-midi, pendant que je jouais les assistants personnels, j'ai lu ta liste de choses à faire, et il y a un point qui m'a laissé perplexe. « Demander des nouvelles de Pipéri. » Qui est Pipéri ?

— Le chien de Dora.

— Oh ?

— Il se fait opérer du genou demain et ensuite il va se déplacer sur des roulettes.

— Sérieusement ?

— Oui. Des petites roulettes pour ses pattes arrière.

— Comment es-tu au courant ?

— J'ai parlé avec elle. Tu devrais essayer de temps en temps de discuter avec les gens, ajouta-t-elle avec un sourire malicieux.

— Ça m'arrive, figure-toi… Tu pourrais peut-être lui envoyer des fleurs de ma part ?

— N'oublie pas que je suis en congé pour stress. Au lieu de lui envoyer des fleurs, tu pourrais peut-être l'appeler demain pour lui demander comment s'est passée l'opération ?

Galen roula des yeux.

— On verra. Je me suis aussi occupé d'un point qui ne figure pas sur ta liste.

— Lequel ?

— J'ai parlé à Leo. Il est enthousiasmé à l'idée de te confectionner une robe pour le bal.

— Le bal ? Il n'a jamais été question que j'y aille.

— J'ai pensé que ce serait l'occasion de te détendre un peu. Nous pourrons danser, par exemple. Même si nous n'aimons ça ni l'un ni l'autre.

— Mais à cette date-là, je ne travaillerai plus pour toi.

— Exact.

La main de Galen se posa sur la hanche de Roula, puis glissa sur ses fesses. Elle poussa un petit soupir d'aise.

— Galen, tu as dit pas de sexe…

— C'est juste un petit câlin innocent, rien de plus.

Il caressa ses fesses, les pressant doucement au passage, puis sa main remonta jusqu'à sa taille sous sa veste de pyjama. Sa paume était délicieusement chaude.

— Tu iras au bal, quand tu ne travailleras plus pour moi. Si tu en as envie, bien sûr.

— Ça ne serait donc pas une soirée de travail ?

— Non. Il n'y aurait plus de limites à ne pas franchir.

— Oh ! je vois. Tu veux m'inscrire sur ta liste de maîtresses occasionnelles, c'est ça ? plaisanta-t-elle.

La main de Galen se glissa entre ses cuisses. Comme c'était étrange de sentir sa main là et de n'éprouver aucune appréhension…

— Tu veux un petit orgasme pour t'aider à trouver le sommeil ?

Galen parlait comme s'il lui offrait un verre de vin, ou un

somnifère… Elle le regarda, interloquée. Comment réagirait-il si elle lui avouait qu'elle n'avait jamais eu d'orgasme ?

— Non, merci.

Il retira sa main.

— D'accord. Dors un peu.

Elle dormit. Profondément. Elle se réveilla la tête sur son nouvel oreiller favori, bien ferme et très doux. Le torse de Galen. Il lui tenait la main comme pour danser, et leurs jambes étaient entremêlées. Contre une de ses cuisses, elle sentait… ? Galen bougea. Il lâcha sa main pour déplacer légèrement sa cuisse, puis il modifia la position de son sexe à l'intérieur de son pantalon de pyjama. Apparemment il n'était pas tout à fait réveillé, parce qu'il reprit sa main et se mit à ronfler doucement. Avec un petit soupir de volupté, elle se rendormit à son tour.

11.

Galen se réveilla et alluma son téléphone tandis que Roula se blottissait contre lui. 8 heures ? Il s'écarta d'elle, se leva et se rendit dans la cuisine pour consulter les messages et les textos qu'elle avait reçus.

Quelques instants plus tard, lorsque Roula se réveilla, il était assis sur le lit.

— Ta mère insiste toujours pour te parler…

— Qui d'autre ?

La liste était longue. Son avocat, ses amis, les autres membres de sa famille, la mère de son défunt mari…

— Je suis très demandée, ironisa-t-elle.

— N'oublie pas que nous nous cachons.

Il se recoucha et commença à consulter ses propres messages.

— Je crois que je vais prendre une douche, annonça-t-elle.

— Je t'en prie. La baignoire est agréable, mais il faut des heures pour la remplir. Tu veux une chemise ? Il y a aussi des sous-vêtements dans le tiroir du haut.

— Je ne porterai pas les restes de tes maîtresses, merci.

— Je parlais des miens. Ils seront sans doute un peu grands pour toi, mais bon…

Elle prit la trousse de toilette et gagna la salle de bains. En refermant la porte, elle fut impressionnée par la splendeur des lieux. La veille elle s'était juste lavé les dents et elle était trop stressée pour étudier le décor. Elle enleva son pyjama et sa culotte tout en promenant autour d'elle un regard ébloui. Sol et sanitaires en marbre, murs recouverts de miroirs anciens protégés par des panneaux de verre… Alors qu'elle enlevait son premier soutien-gorge, elle se sentit miteuse. Pendant des années, elle ne s'était pas souciée de son apparence. Plus elle passait inaperçue, mieux elle se sentait. Elle dégrafa le second soutien-gorge et regarda dans le miroir les seins généreux qu'elle avait pris l'habitude d'escamoter en les compressant. Puis son regard descendit sur son ventre et sur les boucles cuivrées en haut des cuisses. Elle se retourna pour regarder ses fesses. Les fesses que Galen avait caressées à travers son pyjama… Elle leva les bras, puis fouilla dans la trousse de toilette. Pas de rasoir. Après une hésitation, elle prit celui de Galen et entra dans la cabine de douche. Elle se rasa pour la première fois depuis son adolescence, à l'exception de la veille de son mariage.

Après avoir longuement savouré le déluge d'eau chaude et les gels moussants, elle se sécha avec un drap de bain moelleux et remit son horrible pyjama. Mais pas sa culotte ni ses soutiens-gorge. Un déclic venait de se produire dans son esprit. Elle avait envie de lingerie et de vêtements raffinés. Et surtout, elle avait envie de Galen. Certes, il n'avait pas l'étoffe d'un amant au long cours. Ni même d'un amant à durée déterminée, d'ailleurs. Oui, mais… il avait réussi à rendre attrayant quelque chose qui lui répugnait tant qu'elle en était devenue phobique. Ce moment troublant, quand ils s'étaient réveillés brièvement au petit matin… Si ça se reproduisait, se rendormirait-elle aussi facilement ? Pas sûr.

Lorsqu'elle regagna la chambre, il était assis dans le lit.

— Je t'ai emprunté…

Elle s'interrompit en voyant qu'il discutait au téléphone. « D'accord », articula-t-il en silence. Sans paraître remarquer la transformation subie par sa silhouette. Ce qui était un soulagement, à vrai dire…

Alors que Roula se brossait les cheveux, assise sur le lit, Galen lui jeta un coup d'œil en biais. Non, il n'avait pas rêvé. Ses seins avaient vraiment doublé de volume ! Il détourna les yeux et poursuivit sa conversation en s'efforçant d'oublier cette découverte.

— Je suis heureux pour vous, Dora. Ah, non, je suis désolé. Je ne peux pas autoriser l'accès de l'immeuble aux animaux.

Il se tourna vers Roula en faisant la grimace.

— À cause des allergies et ce genre de choses. Mais si vous avez besoin de quelques jours de congé supplémentaires…

Il discuta encore quelques minutes, puis il raccrocha en adressant une nouvelle grimace à Roula.

— Tu vois ce que c'est de se montrer bienveillant ? Maintenant Dora veut amener son chien à roulettes au bureau. J'ai refusé catégoriquement.

Elle pouffa.

— J'ai entendu ! Mais bravo pour avoir téléphoné. Et au fait, à propos de Dora, qu'est-ce que… ?

Elle s'interrompit. Galen détestait les potins. Et de toute façon, elle n'avait aucune envie de jouer les délatrices.

— Oui ?

— Non, rien.

— Tu veux savoir ce que Dora l'employée-la-plus-paresseuse-de-la-planète fait de ses journées ?

— Galen !

— Bon, je vais te le dire. Mais motus. Personne n'est au courant. Ni Kristina ni personne… Enfin, sauf Nico.

Roula retint son souffle. Qu'allait-il lui révéler ?

— Dora est ma meilleure bêta-testeuse. Sans le savoir.

— Tu veux dire que… tu sais qu'elle joue à des jeux vidéo toute la journée ?

— Pas toute la journée, objecta-t-il en souriant. Tous les matins elle consulte son horoscope. Elle fait aussi du shopping en ligne, et de temps en temps elle envoie les feuilles de congé au service des ressources humaines, ou elle remplit le minibar. Mais elle franchit tous les niveaux des jeux, ce qui permet de repérer les bugs, d'analyser ses goûts, ses stratégies…

Roula éclata de rire. Ça alors ! Il y avait longtemps qu'elle n'avait pas ri de si bon cœur…

— Il est revenu, dit Galen.

— Qui donc ?

— Ton rire d'autrefois. Ce rire éclatant que je n'avais pas entendu depuis très longtemps.

— Moi non plus.

Leurs regards se rencontrèrent, et elle fut parcourue d'un long frisson. C'était comme s'il avait de nouveau glissé la main entre ses cuisses. Et c'était bon… si bon…

— J'ai envie de toi, Galen.

— Je serais le premier depuis… ?

— Oui, tu serais le premier.

Mieux valait éviter de lui préciser à quel point c'était vrai, décida-t-elle. Lui révéler les détails sordides de sa non-vie sexuelle reviendrait à le charger d'une responsabilité écrasante. Elle n'avait aucune envie de lui infliger ça. Ni de se l'infliger à elle-même !

— Roula, je ne changerai pas.

— Je ne veux pas que tu changes.

— Et moi, je ne veux pas te faire souffrir. Surtout pas. Il faut que tu saches exactement à quoi t'attendre. Comment réagiras-tu quand je t'ignorerai au bureau ?

— Je ne le remarquerai même pas. Je serai trop occupée à travailler et à chercher un autre emploi… En revanche, pendant les prochaines semaines, ce serait bien que tu gères plus efficacement les transferts d'appels. Je n'ai pas envie de recevoir des messages de tes maîtresses.

— Normal. Et moi aussi, j'ai certaines demandes.

— Je t'écoute.

— Enlève ton alliance.

Elle se leva et enleva son alliance. Lorsqu'elle la laissa tomber sur la commode, elle eut l'impression de se débarrasser d'un énorme poids en plomb plutôt que d'un petit anneau en argent. Un peu nerveuse, elle avança vers le lit, mais Galen se leva, la rejoignit et prit son visage entre ses mains. Il l'embrassa comme elle n'avait jamais été embrassée. Son baiser était plus langoureux que celui de l'autre soir. Plus sensuel… Quel délice de sentir sa langue danser avec la sienne… ses mains sur ses seins…

Il s'interrompit le temps de se débarrasser de son unique vêtement, mais elle retarda le moment de regarder son sexe. Elle se contenta de caresser ses épaules musclées pendant qu'il déboutonnait sa veste de pyjama.

— Quelles splendeurs, murmura-t-il en découvrant ses seins.

Elle ferma les yeux avec un petit soupir quand il aspira entre ses lèvres un bourgeon frémissant. Ils se couvrirent longuement de caresses et de baisers, puis il la souleva de terre et l'allongea sur le lit. Au lieu de la rejoindre, il resta debout devant elle pour la contempler. Curieusement, elle n'était pas embarrassée par le regard ébloui qu'il promenait sur son corps. Peut-être parce qu'elle était fascinée par son sexe gonflé de désir… Mais quand il s'agenouilla au pied du lit et lui fit plier les genoux, elle fut plongée dans un abîme de perplexité.

— Que fais-tu ?

Il ne leva pas les yeux. Son regard était fixé sur…

— Je te regarde. Oh ! Roula…

Un frisson la parcourut. Cette note admirative dans la voix de Galen, c'était grisant… Il effleura son sexe, et elle ferma les yeux pour mieux savourer les sensations délicieuses qu'il déclenchait. Quand elle sentit un doigt se glisser dans le cœur de sa féminité, elle se mordit la lèvre. Elle n'avait qu'une envie. Qu'il continue. Qu'il ne s'arrête jamais. C'était trop bon… Les caresses se poursuivirent. Elles s'accentuèrent. Les sensations devinrent de plus en plus précises. De plus en plus exquises. Elle n'avait jamais rien éprouvé de tel… Les caresses s'interrompirent, et elle faillit suffoquer de frustration.

— Galen…

À sa grande perplexité, il referma les mains sur ses hanches et la fit glisser vers lui jusqu'au bord du lit.

— Que fais-tu ?

— À ton avis ? rétorqua-t-il d'une voix rauque.

Puis il leva brusquement les yeux et scruta son visage.

— Tu n'aimes pas… ?

— Oh ! si !

Alors qu'il l'étudiait avec attention, elle se surprit à le supplier.

— S'il te plaît, Galen… Continue…

Elle le vit baisser la tête, et retint son souffle. Allait-il vraiment… ? Le contact de sa bouche lui arracha son premier gémissement. Tandis qu'il explorait son sexe du bout de la langue, elle creusa les reins. C'était trop… Et en même temps pas assez… Il souleva ses jambes pour les caler sur ses épaules et approfondit ses baisers diaboliques tout en promenant une main sur son ventre. Il glissa la deuxième sous une fesse tandis qu'elle ondulait des hanches, emportée dans un tourbillon vertigineux. Si vertigineux qu'il en était presque effrayant… La jouissance lui arracha un petit cri étranglé. Surpris, émerveillé. Elle s'abandonna sans retenue contre la bouche de Galen aux vagues de son premier orgasme.

— Tu es délectable, murmura-t-il un peu plus tard.

Puis il monta sur le lit, s'allongea sur le côté et l'attira face à lui. Ils restèrent un moment yeux dans les yeux, et dans son regard elle devina une question qu'elle ne sut pas déchiffrer. Puis il lui prit doucement la main et la posa sur son sexe. Elle fut à la fois électrisée et impressionnée par le mélange de douceur et de dureté. Mais qu'était-elle censée faire ?

— Tu as toujours envie de moi ? murmura-t-il.

— Oh ! oui…

Toujours allongé sur le côté face à elle, il prit place entre ses cuisses et lui fit nouer les jambes autour de sa taille. Puis il entra en elle avec une douceur infinie. En proie à un mélange enivrant de plaisir et de désir, elle fit glisser ses mains sur ses épaules.

— Oui…

Savourant les sensations qui l'assaillaient de toutes parts, elle accorda instinctivement ses mouvements aux siens. Il changea légèrement de position et s'enfonça encore plus profondément en elle, les mains refermées sur ses fesses.

— Oui…

Galen devait faire appel à toute sa volonté pour contenir sa passion. Jamais il n'avait eu le sentiment d'une union aussi parfaite entre son corps et celui d'une femme. Elle le rendait fou… La sentir prête à se désintégrer dans ses bras était exaltant. Et quelle fougue ! Impossible de se brider plus longtemps… Il accéléra ses coups de reins. Elle suivit le rythme. Et ce fut lui qui se désintégra le premier. Roula entendit un cri rauque, tandis que le corps de Galen se tendait contre le sien et que ses doigts se crispaient sur ses fesses. Puis elle fut submergée par une vague de plaisir si puissante qu'elle crut défaillir.

Quand ils reprirent leurs esprits, ils étaient toujours face à face, les yeux dans les yeux. Elle flottait, constata Roula. Galen avait bien décrit cet état incroyable. Jamais elle ne s'était sentie aussi légère. Mais en même temps… Malgré ses efforts pour les retenir, des larmes roulèrent sur ses joues. Ce n'était pas un effet retard du plaisir. C'était juste un élan de compassion pour cette autre femme qu'elle avait été pendant des années.

Décontenancé, Galen chercha en vain une réaction appropriée.

— Ça va ?

Roula hésita. Il était tentant de lui avouer qu'elle n'avait jamais joui auparavant, qu'elle n'avait jamais aimé le sexe, qu'elle l'avait même en horreur… Mais comment se résoudre à gâcher ce moment magique par une telle révélation ?

— Oh ! oui… C'était fantastique.

— Peut-être trop. J'aurais dû prendre des précautions. Roula, je t'assure que c'est la première fois que j'oublie. D'habitude, je…

— Je te crois.

Elle avait confiance en lui, et de toute façon il n'y avait aucune raison de s'angoisser.

— Pas de souci. Je ne peux pas avoir d'enfants.

— Bien.

Galen grimaça.

— Je veux dire, je suis désolé…

— Quel menteur !

Elle pouffa. Ses larmes n'étaient plus qu'un souvenir, et elle se sentait merveilleusement bien dans les bras de Galen. Oui, elle flottait.

— À quoi penses-tu ? demanda-t-elle avec un sourire taquin.

Galen pensait à certaines réactions de Roula. Surprise, hésitations… Les soupçons qui l'avaient effleuré quand ils avaient dansé ensemble au mariage semblaient se confirmer.

— À des lignes de code source.

12.

Le monde réel attendait, bien sûr. Il y avait des dizaines de gens à appeler, mais de toute façon la plupart ne prenaient pas ses appels. Elle laissa un message à sa mère.

— *Mama*, rappelle-moi, s'il te plaît.

Elle regagna la chambre.

— Costa a appelé, annonça Galen. Je lui ai assuré que tu allais bien.

— Tu ne lui as pas dit que j'étais ici ?

— Bien sûr que non. Je lui ai dit que tu avais pris une chambre d'hôtel et que tu avais éteint ton téléphone. Je t'ai déjà expliqué que j'étais toujours très discret.

— Galen, je ne veux pas abuser, mais je risque d'avoir besoin de quelques jours de congé.

— C'est bien ce que j'ai prévu.

— Je vais aller chez moi.

— Tu veux aller à Anapliro ?

— Oui. Plutôt que d'essayer de joindre tout le monde par téléphone, c'est aussi simple de…

— Roula !

C'était une *très* mauvaise idée ! Il avait entendu tous les messages qu'elle avait reçus, et Anapliro était le dernier endroit au monde où elle devait aller.

— Si tu es ici, c'est justement pour…

Il s'interrompit. Quel idiot ! Il avait failli lui révéler que c'était Costa qui avait eu l'idée de lui faire quitter Anapliro. Lui qui ne faisait jamais de gaffes !

Roula regarda Galen avec perplexité. Pourquoi s'était-il

tu brusquement ? Lui qui disait toujours franchement tout ce qu'il avait à dire ? Et pourquoi cet air embarrassé ?

— Costa, que raconte-t-il à part ça ?

— Pas grand-chose. Il voulait juste savoir comment tu allais. J'essaie de trouver un fleuriste pour Dora…

N'essaie pas de noyer le poisson, Galen. Roula refoula des larmes de colère et prit une profonde inspiration.

— C'est Costa qui t'a demandé de m'engager ?

— Pardon ?

Elle lui prit son téléphone des mains.

— Réponds-moi.

Il réprima un juron. Les joues rouges, les yeux étincelants… Elle était furieuse. Il ne trahissait jamais les secrets. Mais mentir à Roula ? Impossible.

— Oui. Costa m'a parlé après le mariage. Il était inquiet. Comme moi.

— Galen, nous ne nous étions pas vus depuis presque vingt ans. Tu te moquais éperdument de la situation jusqu'à ce que Costa te parle. Tu ne m'as jamais fait signe une seule fois en vingt ans. Si tu m'as engagée, c'est uniquement parce qu'il te l'a demandé.

— Pas du tout.

— Je ne me souviens pas d'avoir reçu des fleurs à la mort de Dimitrios.

— Pour moi, c'était juste un type d'Anapliro mort en mer.

Galen serra les dents. *Du calme.* Ce n'était pas le moment de parler de ses soupçons concernant son mari.

— Mais si j'avais appris l'arrestation de Nemo par la presse, je t'aurais appelée.

— Tu parles ! Je n'arrive pas à croire que tu m'aies menti et que tu continues encore aujourd'hui !

Suffoquant de rage, Roula inspira profondément. Sa réaction était peut-être disproportionnée… Mais où était-il quand elle aurait vraiment eu besoin de lui ? S'il savait… Ce qui arrivait aujourd'hui n'était rien, *rien du tout*, en comparaison de ce qu'elle avait enduré pendant des années !

— De toute façon, ce n'est pas à toi de juger de la gravité de mes problèmes. Je t'interdis de te mêler de ma vie ! Je m'en vais !

Elle prit son téléphone et s'efforça de maîtriser le tremblement de ses doigts pour appeler un taxi.

— Bon sang, Roula…

Galen la regardait avec consternation. Elle était capable de sortir dans la rue en pyjama !

— Je vais t'emmener.

Elle lui expliqua avec une grossièreté tout à fait inhabituelle ce qu'il pouvait faire de sa suggestion.

— Je te raccompagne, insista-t-il. Je ne parlerai pas. Sauf pour te présenter mes excuses. D'ailleurs, je le fais dès maintenant. Je suis désolé, Roula. Mais, je t'en prie… tu es en pyjama. Il vaut mieux que je te raccompagne.

Elle baissa les yeux sur ses jambes.

— Oui, en effet. Mais je n'accepte pas tes excuses.

Galen tint sa promesse et ne prononça pas un mot pendant le court trajet. Roula tremblait toujours de rage et de souffrance. Jamais elle n'avait laissé éclater sa colère comme elle venait de le faire. Jamais elle n'avait osé. Mais heureusement que Galen avait insisté pour la raccompagner, reconnut-elle quand il lui tendit les clés de l'appartement.

— Tu as aussi oublié ça, dit-il en lui donnant son alliance.

— Bien évidemment, je ne reprendrai pas le travail. Si je peux avoir un peu de temps pour mettre de l'ordre dans l'appartement, je te rendrai les clés à la fin de la semaine.

— Roula, ne fais pas ça.

— Tu veux que je revienne faire de la figuration à un poste bidon ?

— Ce n'est pas un poste bidon. Tu le sais. Et tu as juste des amis qui veulent t'aider. J'avais dit à Costa que l'idée ne me plaisait pas… De ton côté, tu ne t'es jamais confiée à moi. Je t'ai pourtant donné plusieurs fois l'occasion de me parler de ton frère.

— Quand ?

— Quand je suis venu te chercher à l'aéroport. Quand je t'ai raccompagnée jusqu'à ta porte le premier soir après le restaurant…

Elle sentit ses joues s'enflammer. Pour toute réponse, elle lui avait demandé un baiser… Quelle humiliation !

— J'y vais.

— Roula, tu peux prendre le reste de la semaine, mais je t'attends au travail lundi matin.

— Dans tes rêves !

— Tu peux rester à l'appartement en tant qu'amie, bien sûr. Je l'avais dit à Costa. Mais je l'avais aussi prévenu qu'il me fallait vraiment une assistante. Je trouve normal que tu t'absentes pour régler tes problèmes et je ferai appel à mon remplaçant habituel pour ce week-end. Mais si tu n'es pas là lundi matin, tu seras remplacée définitivement. Oh ! et tu as un essayage de robe.

— Tu penses sérieusement que je vais aller à un essayage ?

— Uniquement dans le cas où tu décides de revenir travailler. Leo est déjà en train de couper la robe pour qu'elle soit prête dans quatre semaines. À moins, bien sûr, que tu aies déjà une tenue appropriée…

Roula claqua la portière sans un mot et partit en courant dans la ruelle en pyjama. Galen démarra, à la fois furieux contre lui-même et satisfait. Plus besoin de feindre l'ignorance. C'était déjà ça.

Debout dans son salon, Roula inspira profondément. La vie continuait. Elle écouta ses messages et lut ses textos. Puis elle reçut un appel longtemps attendu.

— Je ne sais pas quoi dire, reconnut Mia.

— Je sais. Je suis désolée pour ce que vous endurez toi et ta famille, mais je ne pouvais pas t'en parler.

— Bien sûr que non. Mais pour toi, c'est retour à la case départ, n'est-ce pas ? Ça ravive le deuil.

Roula ferma les yeux. Toujours s'entendre dire ce qu'on

était censé ressentir… En réalité, elle n'avait qu'une envie. Se blottir dans un lit. Celui de Galen, de préférence.

— La mère de Dimitrios est dévastée, poursuivit Mia. Je ne sais pas quel accueil tu recevras.

Long silence.

— Roula, j'aimerais te dire que tout va bien et que nous pourrons redevenir amies, mais je ne vois pas comment ce serait possible. Pour être honnête, je ne vois pas comment je pourrais continuer à travailler au centre si tu reviens.

Roula resta silencieuse. Une leçon apprise en observant Galen, songea-t-elle.

— Ça peut paraître égoïste, mais j'aurais vraiment préféré que tu te taises.

Roula hocha la tête. Tout le problème était là. Et pas seulement en ce qui concernait Nemo. C'était l'histoire de sa vie. *Tais-toi, Roula. Ne gâche pas le joli tableau en disant la vérité.*

— Mia, il y a des choses qu'il vaut mieux ne pas taire.

Sur ces mots, Roula raccrocha. Il était peut-être temps d'arrêter de suivre les règles qu'on voulait lui imposer, non ? D'adopter un point de vue plus égoïste ? Elle allait mieux, mille fois mieux, qu'à une certaine époque. Elle avait parcouru du chemin, et Galen venait de lui ouvrir de nouvelles perspectives. Sur le plan sexuel. Et professionnel. Fini le boulet du passé. Elle était guérie. Affaire classée. Elle enfila une robe prise au hasard parmi toutes celles lui venant de sa mère et elle enfila des chaussures. Puis elle prit son sac et s'élança dans les rues d'Athènes en direction de la place Kolonaki.

— Roula ! s'exclama Leo quand elle arriva au studio.

Il la prit dans ses bras.

— Je t'ai appelée plusieurs fois. Ma pauvre chérie… Monte. Ta robe est prête pour l'essayage.

— Je ne suis pas là juste pour essayer une robe. Je veux un changement de look.

— Pas de problème. On va faire les deux. Galen t'a ouvert son compte.

— Leo, je ne veux pas m'habiller haute couture ni profiter

du compte de Galen. J'ai de l'argent. J'ai juste besoin d'un ami qui vienne faire du shopping avec moi.

— Du shopping ?

— Oui. Je ne sais pas par où commencer. Et je ne sais pas ce que je veux. Ou plutôt si. Je veux me réinventer.

— Une nouvelle Roula ?

— Oui.

Plus forte. Plus égoïste. Plus indépendante. Il y avait juste un léger problème. Elle aimait Galen. Depuis toujours.

13.

Enfin au calme ! Galen se réveilla dans un silence bienfaisant. Il prit le café sur la terrasse, attentif non pas à la vue spectaculaire mais à l'écran de son ordinateur portable. Deux jours de relâchement dans son travail et les conséquences étaient bien visibles. Non, pas deux jours mais deux semaines. Son planning avait perdu sa rigueur habituelle depuis que Costa l'avait traîné à Anapliro pour son mariage. Il était temps de se ressaisir. Pas question de consacrer une seule seconde à penser à Roula. Ils s'étaient querellés ? Et alors ? Pas question de chercher des informations sur la situation à Anapliro. Si elle avait décidé de retourner là-bas, tant pis pour elle. Ça ne le concernait pas. Dion, l'intérimaire habituel, commençait à travailler aujourd'hui, ce qui signifiait que l'ordre allait être restauré. Il se rendit dans la salle de bains pour prendre une douche et se raser. Les dégâts sur ses joues et sa mâchoire furent impressionnants. Pour la bonne raison que son rasoir était émoussé. Roula !

Il acheta un café sur le chemin, puis il décida d'effectuer sa visite quotidienne à sa grand-mère dans la foulée.

— *Kalimera.*

Elle était assise dans le lit. Les joues roses après sa dernière transfusion et le regard aigu.

— Tu t'es coupé en te rasant ?

— Oui.

— On dirait des marques d'ongles.

— Non, juste un rasoir émoussé.

— Comme si elle t'avait griffé.

— Je t'ai apporté ça, éluda-t-il en lui tendant un petit pain.

— Où est Roula ?

— Je ne sais pas. En congé pour quelques jours.

— C'est elle qui t'a fait ça ? Vous vous êtes disputés ?

— Mais non, quelle idée ! Mange.

Il ne resta pas longtemps. Au moins, au bureau, personne ne lui poserait de questions. Mais à son arrivée, il perçut des mouvements furtifs. Apparemment, chacun s'empressait de quitter le site sur lequel il consultait les actualités concernant Anapliro…

— Bonjour, Galen ! lança Dora avant de le rejoindre précipitamment. Merci d'avoir appelé pour t'enquérir de mon chien.

— Ce n'est rien.

— Des nouvelles de Roula ?

— Pourquoi en aurais-je ? rétorqua-t-il d'un ton plus vif qu'il ne l'aurait voulu. Je n'ai même pas allumé la radio ce matin.

À son grand soulagement, Dion arriva. Fidèle à lui-même, celui-ci ne lui posa aucune question personnelle et ne sourcilla pas à la vue de ses joues tailladées. Tout au long de la journée, il se contenta de poser les plats et les cafés commandés par Galen sur son bureau, sans attendre qu'il le remercie ni même qu'il lève les yeux. Pas de doute, l'ordre était restauré. Il découvrit qu'il avait rendez-vous avec Hector – programmé par Dora ! De quoi se mêlait-elle ? Après avoir échangé diverses informations avec Galen, Hector en vint à son sujet favori.

— Nous souhaiterions vivement faire une annonce officielle au bal.

Galen réprima un soupir. Comme s'il ne le savait pas ! Il garda le silence. Au moins, aujourd'hui, Roula ne serait pas là pour lui reprocher son mutisme après la réunion… En réalité, le jeu était prêt. Quasiment. Mais il avait pris un tel retard dans ses autres projets… Il n'avait aucune envie d'être distrait de son travail par le tourbillon commercial et médiatique déclenché par tout lancement de jeu vidéo. La voix de Roula résonna dans l'esprit de Galen. « Plus tôt le projet sera terminé, plus tôt tu seras débarrassé. »

— Hector, vous pourrez annoncer une date au bal.

— Vraiment ?

— Oui. Il reste juste quelques petits problèmes à régler.

Le vendredi, Galen se réunit avec l'équipe de développeurs et remercia par avance Dion, chargé de prendre ses appels transférés pendant tout le week-end. Samedi, il fut productif. Dimanche beaucoup moins. Il ne put s'empêcher de vérifier à plusieurs reprises sur Internet s'il y avait de nouvelles informations à propos du meurtre d'Anapliro. Rien. Le lundi n'était jamais son jour favori, mais pour une fois il l'attendit avec impatience. Roula allait-elle revenir ? Ce fut Dora qui lui apporta son café. Et qui s'attarda dans le bureau.

— Roula ne revient pas aujourd'hui ?

— Non.

Au lieu de la rayer des cadres comme prévu, il réunit le personnel à 9 heures pour annoncer qu'elle prenait quelques jours de congé supplémentaires.

— Si on lui envoyait des fleurs ? suggéra Nico. Et une carte ?

— Pour lui dire quoi ? rétorqua Galen d'un ton vif. « Désolés d'apprendre que votre frère a tué votre mari ? »

Si elle n'était pas revenue, cela signifiait sans doute qu'elle se trouvait à Anapliro. Et cette idée le rendait malade. À moins que ce ne soit son ulcère ?

— Et du chocolat ? lança quelqu'un d'autre.

— D'accord, acquiesça-t-il. Un coffret de pralinés.

— Inutile…

Tout le monde tourna la tête.

— Mais merci pour l'intention, ajouta Roula.

Puis elle se tourna vers Galen.

— Je suis désolée d'être en retard. J'avais un rendez-vous ce matin.

— Ce n'est rien.

Ce fut tout ce qu'il parvint à articuler. Loin de paraître ravagée par l'angoisse, elle était éblouissante dans une robe portefeuille jaune parsemée de coquelicots rouges, nouée sur la hanche par un ruban de velours rouge. Et elle était chaussée d'escarpins rouges beaucoup plus dignes de ses pieds délicats que ses affreuses chaussures marron. Mais elle portait toujours son alliance !

— Roula ! s'exclama Dora. Nous étions tous si inquiets !

— Sincèrement, ça va…

Roula arbora un nouveau sourire. Tout nouveau. Éclatant. Et factice. Galen la rejoignit quelques instants plus tard alors qu'elle passait des documents à la déchiqueteuse.

— Comment vas-tu ? ?

— En fait, je suis soulagée.

— Comment ça s'est passé ?

— Bien. Tu avais raison. Il est plus judicieux de ne pas retourner à Anapliro pour l'instant. J'ai quasiment tout réglé par téléphone. Ce matin, j'avais rendez-vous dans un cabinet juridique. D'où mon retard.

— C'est tout ?

— Oui.

Il haussa les épaules.

— Tu veux qu'on aille dîner ce soir ?

— Non, merci. Je préfère rester aussi professionnelle que possible jusqu'à la fin de mon contrat. J'ai répondu à plusieurs offres d'emploi et je t'ai cité comme référence. J'espère que ça ne pose pas de problème ?

— Aucun, répliqua-t-il sèchement.

Puis il tourna les talons et s'éloigna à grands pas.

Hérissée, elle ne put s'empêcher de lancer :

— Je suis heureuse d'avoir pu t'accorder une compensation pour le service rendu à Costa !

Elle le regretta aussitôt. La colère l'avait rendue injuste.

— Une compensation ?

Galen revint vers elle aussi vite qu'il s'était éloigné.

— Pour employer un mot pareil, il faut vraiment que tu regrettes ce que nous avons partagé. Pourtant, c'était exceptionnel et tu le sais aussi bien que moi.

— Ce que je regrette, c'est que tu m'aies menti.

— Je t'ai déjà présenté mes excuses pour ça. Mais je ne

m'excuserai pas de t'avoir embrassée ni d'avoir couché avec toi. J'ai abandonné l'auto-flagellation depuis longtemps.

— En même temps que tes principes ?

— Ce n'est pas moi qui porte une alliance. Et ce n'est pas moi qui culpabilise parce que j'ai pris du plaisir.

— De toute façon, ça ne se reproduira pas.

— C'est sans doute pour le mieux. Maintenant, si tu n'y vois pas d'inconvénient j'aimerais vraiment me remettre au travail.

Galen fut seulement capable de faire semblant.

Kristina avait eu son bébé, pile à la date prévue, et ce fut Galen qui l'annonça à Roula.

— Hé, Roula.

Il apparut sur le seuil de son bureau avec un sourire adorable. Tout en noir, un peu débraillé comme quelqu'un qui a passé la nuit devant son écran, les cheveux ébouriffés… Oh ! comme elle avait envie de courir se jeter dans ses bras !

— Kristina vient d'appeler. Le bébé est arrivé…

— Et c'est quoi ?

— Un garçon. Mais ça, nous le savions.

— Pas moi.

Après sa pause déjeuner, Roula se rendit dans le bureau de Galen et posa un paquet sur son bureau.

— Porte ça à Kristina.

— Pourquoi ?

— Galen…

— D'accord.

Galen serra les dents. Il n'avait aucune envie d'aller voir Kristina à la clinique. Mais ce qui le hérissait le plus, c'était cette alliance qui continuait de briller au doigt de Roula !

— Qu'est-ce que je lui porte ?

— Une couverture en cachemire crème.

— Merci.

En fin d'après-midi, juste avant l'heure à laquelle elle terminait sa journée, il se rendit dans le bureau de Roula.

— Tu avais raison. La couverture a eu beaucoup de succès.

— Comment est le bébé ?

— Tout fripé. Ils pensent que c'est un génie et qu'il reconnaît déjà son prénom. Mais j'ai essayé de l'appeler et il n'a même pas ouvert les yeux.

— Et quel est son prénom ?

— Luka. Luka le génie.

Il détestait les potins, mais pour une fois… Galen monta au deuxième étage et passa voir Costa dans son bureau.

— Comment s'est passée ta lune de miel ?

— Bien, comme je te l'ai dit.

— Qu'avez-vous fait ?

— De la marche dans la colline. Comment va Roula ?

— Eh bien, elle n'en parle pas vraiment. Costa, comment ça se passe à Anapliro ? Les familles ?

— À couteaux tirés. Mary est allée chez le coiffeur au village. D'après elle, c'était le meilleur moyen d'avoir les toutes dernières nouvelles. Bref, les Drakos veulent récupérer la maison de pêcheur, et les Kyrios prétendent qu'elle leur appartient. À part ça, je risque de me retrouver sans chef au centre. Mia menace de démissionner si Roula revient.

— Eh bien…

Galen se décida à poser la question qui le poursuivait.

— Comment était-il ?

— Qui ?

— Le mari. Je ne me souviens pas bien de lui. Il me semble qu'il était très apprécié.

— Je ne pouvais pas le supporter.

— Et pourtant tout le monde le trouvait fantastique, non ?

— C'était un pervers narcissique. Tu vois le genre. Mais maintenant, c'est un saint, bien sûr.

14.

— À combien de postes as-tu posé ta candidature ?

Dans l'ascenseur vitré de l'immeuble de bureaux, Roula était incommodée par le parfum d'agrumes de Galen. Il avait dû avoir la main lourde. Ça sentait beaucoup plus fort que d'habitude…

— Un bon nombre.

— J'ai l'impression d'être une machine à références.

— Je suis désolée. Honnêtement, je ne pensais pas que je recevrais autant de réponses.

— Londres ?

— C'est un poste très intéressant. Mais je serais très étonnée si je l'obtenais.

Roula s'efforça de masquer son embarras. La veille, elle était allée à Londres sans rien dire à personne. Elle avait appelé de l'aéroport en prétendant qu'elle était malade.

— Tu vas mieux ?

— Ça va. C'était juste une migraine.

— Ah. À une époque, j'en avais souvent. Très violentes.

Il savait qu'elle avait menti, comprit-elle.

— Roula, puis-je te demander un service ?

— Je suis ton assistante personnelle.

— Je ne demanderais pas ça à Kristina, mais *yaya* ne mange pas.

— Oh… depuis quand ?

— Enfin, elle mange un peu, mais… Je sais que ça n'entre pas dans tes attributions, mais elle a envie de soupe de fèves, et apparemment celle de la maison de retraite ne lui plaît pas.

— Pas de problème.
— Tu es sûre ?
— Absolument. Je lui en apporterai demain.
— Ce serait fantastique, dit Galen, visiblement soulagé.
Ça sentait Anapliro, songea Roula ce soir-là dans sa cuisine. Certains ingrédients venaient de l'île. Elle avait justement apporté un paquet de fèves en pensant à *kyria* Florakis, ainsi que de la poudre de champignons séchés. Elle huma les effluves de l'ail et fit la grimace. Ça sentait trop fort. Elle sortit dans le couloir, mais l'odeur la suivit, si bien qu'elle alla ouvrir la fenêtre de la chambre pour respirer l'air frais. Le parfum de Galen… La soupe… *Arrête*, se dit-elle en entrant dans la salle de bains. Son regard s'attarda sur une boîte de tampons, qu'elle n'avait pas encore ouverte depuis son arrivée. Nouveau travail, nouvelle ville, son frère en prison, sa famille qui la reniait… Les raisons ne manquaient pas pour que son cycle soit perturbé. Pendant que la soupe mijotait, des souvenirs douloureux s'imposèrent à elle. Chaque mois, à l'arrivée de ses règles, Dimitrios entrait dans une rage folle. Et bien sûr, c'était devenu encore pire quand Ella, qui avait déjà deux garçons, avait annoncé qu'elle était enceinte de jumelles…

Galen ne passait pas une très bonne soirée non plus. *Yaya* était très agitée quand il était allé la voir Il avait tenté de la calmer et de lui faire prendre ses médicaments. Elle les avait recrachés. Puis elle avait arraché sa perfusion avant que l'infirmière ou lui-même aient le temps de réagir. Pour une femme de quatre-vingt-dix ans, elle était vraiment très énergique…
— Laissez-moi tranquille ! Ça suffit !
— *Yaya*, tu en as besoin…
— Tu ne m'écoutes jamais ! J'ai essayé de t'aider et qu'est-ce que ça m'a apporté ? Des ennuis. Tous les jours, des ennuis. Va-t'en ! Fiche-moi la paix !

15.

— *Kalimera*, Dora, dit Roula en entrant dans l'ascenseur.

— Tu es resplendissante, Roula.

— Merci.

Dora suivit Roula dans la salle de repos, lorsqu'elle mit la soupe dans le réfrigérateur.

— J'ai découvert un nouveau boulanger. Ça te dirait… ?

— Il faut que je porte son café à Galen, coupa Roula en quittant la salle.

— Hé, dit Galen en levant les yeux lorsqu'elle posa le mug sur son bureau. Merci.

— J'ai fait la soupe.

— Merci. Sincèrement. J'ai rendez-vous à la maison de retraite à 17 heures. Nous pourrions peut-être la lui apporter ensemble ? Demain je m'enferme pour un marathon de programmation et la semaine prochaine je suis à Rome. Retour jeudi soir.

Le cœur de Roula se serra. Apparemment, la santé de sa grand-mère déclinait. Ça devait être dur pour lui de s'en aller.

— Je peux aller la voir pendant ton absence.

— Tu ferais ça ?

— J'y vais le week-end, de toute façon. La semaine prochaine, je prendrai mon café avec elle tous les jours.

— Merci… Roula, il faut que tu saches que je ne t'ai jamais considérée comme une compensation.

— Je sais.

Elle sourit. C'était délicat de sa part de le rappeler. Les moments de ce genre devenaient rares entre eux, mais il y en avait encore. Et il fallait bien reconnaître qu'elle les chérissait tout particulièrement.

Ils étaient tous les deux très tendus lorsqu'ils arrivèrent à la maison de retraite.

— Évite de lui dire que tu termines à la fin de la semaine, d'accord ?

— Bien sûr.

— Merci.

— *Kyria* Florakis, comment allez-vous ? demanda Roula en entrant dans la chambre avec un large sourire.

— J'ai froid. Où est Galen ?

— Il arrive bientôt.

— Il est fatigué.

Roula eut un pincement au cœur. Oui, il avait des cernes et il avait maigri. Impossible de ne pas le remarquer.

— Regardez-le, dit sa grand-mère en montrant une photo tout en mangeant la soupe de Roula avec appétit. Il était si effronté. Sa *mama* le disait souvent.

— Vraiment ?

— Oh ! oui. Son père était professeur. J'étais très contrariée… Il était trop vieux pour elle. Mais il l'aimait.

— Votre fille ?

— Ils étaient si heureux…

Kyria Florakis passa un doigt sur la photo et l'immobilisa sur une petite croix en or au cou de sa fille.

— J'ai été obligée de vendre tout l'or pour acheter des livres pour Galen et l'envoyer à l'université d'été.

— Je suis sûre qu'ils auraient approuvé.

— Mais cette croix, je n'ai jamais pu la vendre.

Oh ! Galen, discute avec elle ! Roula avait envie d'interrompre le rendez-vous de Galen avec les responsables de la maison de retraite pour l'amener auprès de sa grand-mère. Celle-ci avait des souvenirs si attendrissants à raconter…

Galen n'avait qu'une envie. Quitter cette réunion avec les responsables de la maison de retraite.

— Donc, sans les transfusions…

Il s'interrompit. Il connaissait la réponse…

— Mais l'introduction de l'aiguille la fait souffrir, même avec le gel anesthésiant, reprit-il.

— Oui, en effet, acquiesça le médecin.

Galen réprima un soupir. Si seulement il pouvait consulter Roula. Mais même à une amie, ce serait trop demander. Et jusque-là il avait toujours préféré décider seul.

Retourner dans la chambre de sa *yaya* juste après avoir donné son accord pour arrêter le traitement fut une expérience très étrange. Elle ne semblait pas faible du tout, ni en fin de vie. Au contraire, elle était guillerette et elle mangeait avec appétit !

— Tu manges. C'est bien.

— Galen ! Roula est venue me voir.

— Elle a tout mangé.

Roula sourit et se leva.

— Il y en a encore dans le réfrigérateur. *Kyria* Florakis, je vais vous souhaiter une bonne nuit…

— Kyrios ? dit soudain *kyria* Florakis.

— Oui.

— Nemo…

La vieille dame fit la grimace.

— *Yaya*, tu veux encore de la soupe ? intervint Galen précipitamment.

— Une brute ! lança sa grand-mère.

Puis elle regarda Roula comme si elle ne l'avait pas déjà vue.

— Roula Drakos ?

— Oui.

Un éclair de mépris jaillit des yeux de la vieille dame.

— *Bastardos*, ce Dimitrios !

Mince, elle n'était pas si cohérente que ça, finalement, songea Galen. Mais peut-être très clairvoyante…

— Roula, il ne faut pas faire attention à ce qu'elle dit.

— Galen ! s'écria Roula, alors que *kyria* Florakis se déchaînait. Elle a raison ! *Bastardos !* Ta grand-mère dit beaucoup de vérités, si tu la laissais parler…

Elle prit la main de *kyria* Florakis. Pour Galen et pour sa grand-mère, elle allait aider celle-ci à se faire entendre.

— Nemo battait Galen…

Kyria Florakis se mit à pleurer.

— Il cachait les bleus.

— Oui, je sais, acquiesça Roula.

— Et votre mari. Un homme horrible. Votre petit chien, Benji… Il l'a jeté sur la route à coups de pied au moment où la voiture est passée. J'ai crié après lui. À chaque fois que je le voyais, je lui disais ce que je pensais. On me traitait de *treli*… Mais je sais ce que je voyais. Personne ne me croyait.

— Moi, je vous crois, répliqua Roula d'une voix rauque.

Elle sentit la main de Galen sur son épaule.

— Je vous crois, *kyria*.

— *Bastardos !*

— Oui. Mais écoutez. Nemo… il est en prison.

Kyria Florakis écarquilla les yeux.

— Et Dimitrios est devant le juge suprême, ajouta Roula en pointant un doigt vers le ciel. Si bien qu'aujourd'hui ils doivent payer.

— Je n'ai pas réussi à les arrêter…

— Non. Mais vous avez fait de votre mieux. Regardez Galen. Regardez l'homme merveilleux que vous avez élevé.

D'un mouvement d'épaule, Roula obligea Galen à retirer sa main. Il fallait qu'elle s'en aille, sinon elle allait craquer… Elle serra *kyria* Florakis dans ses bras, puis elle quitta la chambre les jambes tremblantes. Elle trouva les toilettes juste à temps pour vomir. Ça, c'était pour Benji. Lorsqu'elle ressortit, Galen l'attendait, le visage gris.

— Je vais prendre un peu l'air, dit-elle.

Elle s'assit sur les marches dehors. C'était dur, mais elle était quand même soulagée que les choses aient été dites. Devant la seule personne à qui elle faisait confiance pour ne pas le répéter.

— Va la voir, dit-elle quand Galen la rejoignit. Ce n'est pas la disparition d'Anapliro qu'elle craint, c'est celle de la mémoire de sa fille.

— J'en suis conscient. Mais pour l'instant, c'est surtout pour toi que je suis inquiet.

— Je t'en prie, elle n'a rien dit que j'ignore. Enfin, pour Benji, je n'étais pas au courant. Retourne la voir.

— Non, je veux t'écouter.

— Je n'ai rien à dire de plus. Galen, je sais que tu tiens parole. Il ne faudra jamais parler de ça à personne.

— Jamais. Tu n'es pas seule, Roula.

— Oh ! en l'occurrence, si.

— Maintenant, je sais.

— Non ! Tu ne sais rien de moi ni de ce que j'ai enduré. J'avais dix-huit ans et je ne connaissais rien à la vie. La première fois que j'ai vraiment fait l'amour, c'était avec toi.

Galen l'avait déjà compris. Elle le lut dans son regard. Alors elle lui confia des détails qu'elle n'aurait jamais imaginé partager un jour avec quelqu'un.

— J'avais prévu de le quitter. Sans savoir où aller… Le centre n'existait pas encore. Je n'avais pas de travail.

— Je suis heureux que tu te sois confiée à moi. Enfin, « heureux », ce n'est pas le mot… Je regrette que tu ne me l'aies pas dit avant que nous…

— Je t'en prie. Tu aurais pris tes jambes à ton cou.

— Pas du tout.

— Ou tu m'aurais traitée comme si j'avais été en verre. Il valait beaucoup mieux pour moi que tu ne saches rien. Et pour moi aussi. Maintenant, l'idée que tu sais me fait horreur ! Je ne veux plus jamais en parler.

— Si c'est ce que tu veux, bien sûr. Mais si un jour tu…

— Ça n'arrivera pas. J'ai accepté ce poste à Londres. Je pars la semaine prochaine.

Sur ces mots, elle enleva son alliance. Elle ne la lança même pas au loin d'un geste rageur. Elle la laissa juste tomber par terre.

— J'y vais.

— Je te raccompagne à pied.
— Inutile, répliqua-t-elle en se levant.
— Et si j'en ai envie ? Pour être honnête, je boirais bien un verre. Juste pour discuter… Je ne sais pas.
Elle eut un petit rire sans joie.
— Je n'ai pas besoin de belles paroles, Galen.
— Moi, j'aurais bien besoin de… Mais tant pis.
Lorsqu'il retourna dans la chambre, *yaya* était douce comme un agneau.
— Qu'est-ce qu'ils t'ont fait aujourd'hui ? demanda-t-elle devant son air triste.
— Qui ?
— Ils t'ont battu ?
— Non.
Il prit la petite main décharnée, couverte d'hématomes à cause des perfusions qu'il avait réclamées.
— Ils ont fait du mal à quelqu'un que j'aime.
— C'est pire, affirma *yaya*. J'aurais supporté dix raclées pour t'en épargner une.

16.

Allongée sur le ventre, Roula réprima un gémissement. Elle n'avait jamais eu à ce point envie de téléphoner au bureau pour dire qu'elle était malade. Pourquoi avait-elle tout raconté à Galen ? Oui, elle avait lu tous ces livres de développement personnel. Non, ce n'était pas sa faute. Ça ne l'empêchait pas de se sentir sale… Oh ! elle n'avait aucune envie de se retrouver en face de Galen et de voir la gêne dans son regard. Mais il devait être sur le point de monter dans l'avion pour Rome, se rappela-t-elle soudain. Elle se leva et se rendit dans la salle de bains. En faisant appel à toute sa volonté pour surmonter sa nausée. Elle mit une de ses nouvelles robes – en lin orange, choisie par Leo –, enfila des ballerines et arriva au bureau juste avant 8 heures.

— Bonne chance, dit Dora quand elle passa devant son bureau. On est lundi.

— Il est là ? Je le croyais à Rome.

— De toute évidence, vu l'heure à laquelle tu arrives.

Les joues en feu, Roula se tourna vers Galen.

— En réalité, j'ai cinq minutes d'avance.

— Oh ! parce que maintenant on fonctionne aux horaires contractuels ? rétorqua-t-il d'un ton cassant.

Allons bon, il ne lui avait même pas lancé un regard avant de tourner les talons et de regagner son bureau… Le cœur de Roula se serra. Pourquoi lui avait-elle tout raconté ?

— Ne le prends pas personnellement, dit Dora.

— Les « horaires contractuels » ? Je ne sais même pas ce que ça veut dire !

— Ne t'inquiète pas ! Moi aussi, j'ai eu droit à un savon, renchérit Dora. Mais c'est sa *yaya*.

— Quoi ? Il lui est arrivé quelque chose ?

— Non…

Dora fit signe à Roula de fermer la porte.

— Je viens de l'entendre téléphoner à Galilee pour demander s'ils avaient de la place.

Roula déglutit péniblement. Galilee était un établissement spécialisé dans les soins palliatifs.

— En réalité, je pense qu'il va la laisser là où elle est, mais tu connais Galen. Il voudra avoir des dizaines d'autres avis avant de prendre une décision. Malgré tout, j'ai l'impression qu'il n'y en a plus pour très longtemps.

Oh ! non… Il semblait si content de voir sa grand-mère manger avec appétit, hier ! Et ensuite… Ensuite elle lui avait raconté sa vie pendant des heures. Comme si elle n'avait pas pu attendre un autre moment ! Il lui avait demandé d'aller boire un verre. De discuter ! Quelle idiote !

— Galen ? dit-elle en frappant à la porte vitrée restée ouverte.

Il ne leva pas les yeux.

— J'ai appris pour ta grand-mère.

— Ça va.

— De toute évidence, non. Galen, je ne me suis pas doutée que tu avais eu une réunion difficile. J'aurais dû… Elle est si frêle. Je n'avais pas les idées claires.

— Bien sûr. Moi non plus.

— Ils venaient de te dire… ?

— Non.

— Je ne comprends pas.

— C'est moi qui leur ai dit, en quelque sorte.

— Oh.

Elle attendit des précisions, mais elles ne vinrent pas.

— Que leur as-tu dit ?

— Roula… nous ne pouvons pas parler de toi, exact ?

Elle hocha la tête.

— Mais tu estimes que nous pouvons parler de moi ?

— Je suis ton assistante.
— Jusqu'à vendredi.
— Galen…
— Garde tes commentaires pour la carte de condoléances, Roula. Par avion, je suppose ? Quand pars-tu ?
— Lundi.
Le téléphone de Galen sonna.
— Si tu veux bien m'excuser ?

Ce ne fut pas une semaine fantastique. L'atmosphère était morose, et Galen refusait tous les plats que Roula proposait de lui donner pour sa grand-mère. Le dernier jour, Dora passa la tête par la porte du bureau de Roula.
— Kristina est là !
Elle était venue avec Luka le génie, qui portait les chaussons bleus que Dora lui avait tricotés, un blouson bleu offert par quelqu'un d'autre, et du bleu et encore du bleu…
— Tu as une mine splendide, dit Kristina à Roula. J'ai entendu dire que ça s'est très bien passé.
— Merci.
— Non, merci à toi d'avoir accepté d'aller au bal. Je pensais pouvoir y assister mais, comme je viens de le dire à Galen, je ne peux pas rester éloignée du tire-lait plus de deux heures.
La plupart des hommes parurent gênés, et il y en eut même quelques-uns qui déguerpirent.
— Attendez ! s'écria Dora. Il y a une autre raison pour laquelle Kristina est venue. Surprise !
Il y avait un gâteau, du champagne et du soda. Même Galen fit une brève apparition.
— On va te manquer ? demanda Dora.
— Oui, répondit Roula en souriant.
— Il y a encore le bal demain, lui rappela Nico.
Les joues en feu, elle sentit le regard de Galen sur elle. Quand tout le monde eut mangé du gâteau, il demanda s'il pouvait lui dire un mot dans son bureau avant son départ.

— Assieds-toi, dit-il après avoir fermé la porte. Je veux te parler maintenant au cas où je ne te reverrais pas. Ce que j'ai à te dire n'a rien à voir avec nous. Ça concerne Dora. Elle pourrait devenir une amie pour toi, alors cesse de la tenir à distance.

— Pardon ?

— C'est tout ce que j'ai à dire sur le sujet. Merci pour tout ce que tu as fait. Je le dis sincèrement. Tu as apporté de la gaieté ici… dans l'ensemble. Et sur un plan plus personnel, tu as été d'une grande aide pour moi et ma grand-mère.

— Merci, dit-elle en se levant. J'ai beaucoup aimé travailler ici.

Partir comme ça ? Sans rien dire de plus ? Non, impossible de s'y résoudre.

— Puis-je te demander quelque chose ? Une opinion sincère ?

— Tu es sûre de vouloir l'entendre ?

— Oui. Suis-je en train de commettre la pire des erreurs ?

— Sur le plan professionnel ? Non. Je trouve que c'est une excellente initiative. Yolanda parle sans arrêt de prendre une semi-retraite, mais en réalité elle ne cédera jamais les rênes du centre.

— Et sur le plan amical ? Je parle de ta grand-mère.

— Roula, je ne demanderais pas à Costa ou à Leo d'annuler un déjeuner pour ma grand-mère. J'espère qu'ils viendront aux funérailles, mais seulement si elles ont lieu à Athènes. Alors non, tu ne me dois rien sur le plan amical.

— Et en ce qui nous concerne ?

— Nous ? Pourquoi maintenant, Roula ? Sérieusement ? Pourquoi, alors que nous nous entendions bien, choisir de partir maintenant ?

— Tu as dit que tu ne voulais pas d'une relation.

— Toi aussi. Nous étions d'accord là-dessus au départ. Mais ensuite la situation a changé. Tu m'as fait des confidences que tu ne ferais certainement pas à n'importe qui. Tu m'as laissé entrer là…

Il se frappa la poitrine.

—… et ensuite tu m'as annoncé que tu partais par le premier avion.

— Ça ne s'est pas passé comme ça.

— Presque.

— Je t'ai parlé pour que tu te confies à ton tour.

— Non, tu l'as fait parce que tu en avais envie et besoin. Tu peux le nier tant que tu veux, mais nous avons commencé à nouer des liens étroits… et maintenant tu prends la fuite.

« Et avant que tu me dises que tu ne peux pas aller au bal, sache que de mon côté je ne pense pas pouvoir être là. Et comme Kristina n'y sera pas non plus, j'aurais besoin que quelqu'un prenne des notes. Par ailleurs, pour Leo, il est très important que des photos de cette fichue robe soient prises à cette occasion. Alors pense à tout ça avant de t'enfuir. »

— Je ne m'enfuis pas. Je suis ici, non ?

— Et demain ?

Elle hocha la tête.

— Bien. Je te suggère d'apporter ton dictaphone. Ce sera plus pratique de rédiger tes notes si tu as des enregistrements.

— Autre chose ?

— Je ne vois pas, non. Et toi ?

Roula secoua la tête. Partager ses craintes ? Elle en était incapable !

17.

— Oh. Mon. Dieu !

Leo recula d'un pas pour admirer sa dernière création. Une robe fourreau dos nu en velours de soie blanc cassé, d'une fluidité divine. Roula, coiffée d'un chignon haut et chaussée d'escarpins vert d'eau, se sentait merveilleusement bien dans cette tenue de rêve, lorsqu'elle quitta le studio de Leo en compagnie de ce dernier et de Deacon pour les bureaux de Kolonaki où tout le monde se retrouvait avant le bal.

— Roula ! s'exclama le portier avec un sourire chaleureux.

Tout le monde était très élégant. Nico en smoking, Dora en robe longue argentée… Il y avait un monde fou, mais l'absence de Galen semblait confirmée. Roula aurait préféré qu'il soit là, bien sûr, mais l'ambiance était si chaleureusc qu'elle n'avait même pas besoin de lui pour être euphorique. Dire qu'elle avait failli rater ça !

— Champagne ?

Nico lui tendit une flûte.

— Non, merci, répondit-elle en souriant. Je m'en tiens à l'eau pour l'instant. Peut-être plus tard.

Elle avait des tampons dans son sac, mais elle se surprit à espérer que ses règles n'arriveraient pas. Ni ce soir à cause de sa robe, ni jamais. En fait, elle ne serait pas mécontente d'avoir neuf mois de retard. Certes, ses nouveaux employeurs risquaient de ne pas être ravis, mais après tout… Elle adressa un large sourire à Dora, qui était très volubile.

— Je disais que, si Galen ne vient pas, le bal ne sera pas

aussi réussi, déclara Dora. Il est peut-être parfois difficile, mais c'est le meilleur des patrons.

— Oui…

— C'est la première personne à qui j'ai osé confier que j'avais des problèmes dans mon mariage.

Roula s'efforça de masquer sa stupéfaction. Voilà pourquoi Galen lui avait conseillé d'arrêter de tenir Dora à distance ! Lui qui prétendait ne jamais se mêler de la vie des autres !

— Son soutien m'a été vraiment très précieux, ajouta Dora avec un petit soupir.

Galen était sur son trente et un, mais sa grand-mère ne voulait pas lui lâcher la main. Comment la lui retirer maintenant qu'ils se parlaient enfin ?

— J'ai vu le *kandylaki*, dit-il. La bougie était encore allumée.

— Où est Roula ? demanda sa grand-mère comme souvent.

— À une soirée de travail. Et elle part à Londres bientôt pour commencer un nouveau travail.

— Elle se cache.

— Plus maintenant, dit-il en souriant. Elle fait ce dont elle a besoin.

Et lui, il avait besoin de la voir avant son départ. Parce que la discussion d'hier lui avait laissé un goût amer…

— Je lui ai acheté un cadeau de départ.

Jamais il n'avait choisi un présent avec autant de soin. Et à vrai dire il était assez content de lui.

— Un beau cadeau.

— Va à ta fête, Galen.

Il embrassa sa grand-mère et remonta la couverture sur ses épaules. Il avait enfin le sentiment de faire ce qu'il fallait pour *yaya*. Il était en retard, mais toutes les voitures étaient encore là, constata-t-il quand son chauffeur le déposa à Kolonaki. Et elle, était-elle là ?

— Nous pouvons rester en contact, dit Roula à Dora. Si tu en as envie, bien sûr.

— J'en serais ravie, répondit Dora en souriant. Tu crois que je pourrais demander à Galen de m'envoyer à Londres en voyage d'affaires ?

— Je ne sais pas ! répondit Roula en riant.

— Je pense qu'il faut rejoindre les voitures. Oh ! regarde, voilà Galen.

Le cœur de Roula fit un saut dans sa poitrine. Elle se retourna, et son cœur fit un deuxième bond. Galen était sublime, ce soir !

— Vous êtes très élégante, Dora, dit-il.

« Toi aussi, Roula. Leo s'est surpassé. »

— Merci.

Roula réprima une moue de dérision. Des heures à se préparer, et c'était tout ce qu'il trouvait à dire ! Mais rien ne pourrait lui gâcher cette soirée.

— J'ai pensé que Roula pourrait venir avec nous dans la deuxième voiture.

C'était Nico qui venait de parler, mais Galen intervint aussitôt.

— Roula vient avec moi. J'ai besoin d'elle pour revoir une dernière fois mon discours.

— Tu as vraiment besoin de moi pour ton discours ? demanda-t-elle quand ils furent dans la voiture.

— Non, c'était juste pour te rendre service. Tu as un fan.

— Je sais ! Quel âge a Nico ?

— Dix-neuf ans.

— Oh ! mon Dieu…

Galen pouffa, puis il ferma les yeux quelques secondes.

— Comment va ta grand-mère ?

— Elle se sent bien, répondit-il sobrement.

Le trajet jusqu'à la place Syntagma, où avait lieu le bal, était bref, mais Roula eut le temps d'être éblouie par la beauté de la ville. Tout était illuminé comme pour lui faire signe de ne pas s'en aller…

— C'est mieux que le voyage scolaire ? demanda Galen.

— Mille fois mieux.

Parce que tu es là.

— J'ai menti. En réalité, j'étais revenue une fois à Athènes depuis le voyage scolaire.

— Pour aller à la police ?

— Oui. J'ai bien fait, n'est-ce pas ? D'aller à la police ?

— Absolument. Je t'ai toujours trouvée courageuse.

— C'est vrai.

C'était si important pour elle d'avoir l'approbation de Galen…

— Tu sais, *yaya* est plus joyeuse depuis l'arrêt du traitement. C'est en partie à toi que je le dois.

— Non.

— Si. Depuis qu'elle n'est plus sous sédation, elle est moins incohérente et beaucoup plus bavarde. Merci d'avoir favorisé ça. Je veux aussi te présenter mes excuses pour t'avoir reproché de partir. C'était très injuste de ma part. Et maintenant, nous allons passer une bonne soirée. Nous le méritons, non ?

— Oui.

Quelques instants plus tard, ils avançaient sur le tapis rouge donnant accès au bal.

— Arati, répondit Roula, selon les instructions de Leo, à quelqu'un qui lui demandait qui avait créé sa robe.

Galen précisa le nom donné à sa couleur par Leo.

— Brume sur la mer Égée. La couleur et son nom te vont à merveille, Roula.

Le cœur gonflé de joie, elle prit des pin's disposés sur une table. Même si les adultes de la famille ne lui adressaient plus la parole, ses neveux et nièces seraient ravis de recevoir des pin's de leurs jeux vidéo préférés.

— Rouge ou blanc ? demanda un serveur.

Galen secoua la tête.

— Merci, mais je dois faire un discours.

— Rien pour moi non plus, dit Roula en souriant.

Et pas seulement à cause d'un mini-Galen potentiel. Elle se sentait très émotive, ce soir…

— Kristina n'est pas là ? demanda un invité qui passait devant la table à laquelle ils venaient de s'asseoir.

— Non, répondit sobrement Galen.

Pas question de discuter de Kristina et de son problème de tire-lait… Lorsque l'homme se fut éloigné, il se pencha vers Roula.

— Figure-toi que les ressources humaines m'ont informé que je dois mettre une pièce à la disposition de Kristina.

— Pour quoi faire ?

Il jeta un coup d'œil appuyé à ses seins.

— Tu sais bien…

— Oh.

— Et un réfrigérateur…

Galen avait perdu le fil de ses idées. Avait-il bien vu ? Les seins de Roula avaient-ils encore doublé de volume ?

— Tu pourrais lui réserver la pièce voisine de celle des chiens à roulettes, plaisanta-t-elle.

Ils pouffèrent en chœur. C'était la première fois qu'il riait de bon cœur dans ce genre de soirée, songea Galen. Mais ils n'étaient pas seuls à la table…

— Dora, impatiente d'essayer le nouveau jeu ? demanda-t-il.

— Oh ! oui !

Galen et Nico échangèrent un sourire complice, et Roula faillit pouffer de nouveau. Dire qu'au début elle comparait les bureaux de Kolonaki à un congélateur ! Elle adorait tous ces gens ! Et leur patron, encore plus…

— Tu n'aimes pas le poisson, n'est-ce pas ? dit Galen en prenant son assiette et en la remplaçant par la sienne.

Dora n'aimait pas le poisson non plus, mais Hector lui proposa d'échanger son plat avec elle. À la fin du dîner, Roula s'éclipsa pour prendre l'air. Galen partit à sa recherche quelques minutes plus tard et la trouva sur un balcon, en train d'admirer la vue sur Athènes.

— Bientôt les discours, dit-il.

— J'arrive.

— Nous avons un moment. Alors, à toi Londres ?

— Oui.

— Si tu rencontres l'homme idéal, lui raconteras-tu ?

— Non.

Ils restèrent un instant côte à côte en silence. Il pouvait continuer à se taire, songea Galen. Et ce serait peut-être plus sage. Mais il préférait l'honnêteté à la sagesse.

— Roula, je savais déjà avant que tu parles à *yaya*. Je me suis rendu compte que quelque chose clochait quand nous avons dansé au mariage. J'ai pressenti que tu avais souffert. Si bien que le soir où tu m'as demandé de t'embrasser j'ai été surpris.

— Tu m'as embrassée par compassion ?

Il réfléchit.

— Je voulais faire ce qui était le mieux pour toi. Mais je pense que je me suis trompé.

— Non.

— Alors pourquoi ne me parles-tu plus ?

Sur ces mots, il rentra dans la salle, la laissant face à la vue.

Heureusement qu'il lui avait conseillé de prendre le dictaphone, songea Roula un peu plus tard. Elle aurait eu beaucoup de mal à prendre des notes. Les discours étaient denses, et son nom revenait très souvent. Hector annonça que le jeu serait disponible pour la fin de l'année, ce qui déclencha un tonnerre d'applaudissements. Roula apprit ensuite que Galen travaillait sur un projet auquel il était particulièrement attaché. La mise en œuvre d'un système financier destiné à stimuler l'économie des pays les plus défavorisés de la planète. Elle n'avait peut-être pas saisi toutes les subtilités du programme, mais l'idée générale était claire. L'homme qu'elle aimait avait à cœur de mettre son intelligence supérieure au service des autres. Elle profita d'une nouvelle salve d'applaudissements pour aller aux toilettes verser quelques larmes en toute discrétion. Elle en profita pour consulter son téléphone.

On se voit tout à l'heure ?

Il ne manque pas d'aplomb ! Ce fut sa deuxième pensée. La première fut : *Oh ! oui !* Sauf qu'elle ferait une maîtresse occasionnelle désastreuse… Elle ne répondit pas. Galen ne sembla pas s'en offenser.

— Dora, venez danser !

Elle le regarda enlacer Dora, qui semblait décidément passer la meilleure soirée de sa vie. Il dansa ensuite avec une autre femme assise à leur table. De son côté, elle rejoignit Nico, puis elle prit ses jambes à son cou pour esquiver une proposition qu'elle devinait imminente. Alors qu'elle buvait un verre d'eau, Galen lui prit la main.

— Tu ne lui as pas brisé le cœur, j'espère ?

— J'ai réussi à m'échapper avant qu'il me fasse des avances.

— Nous pouvons nous accorder deux danses. J'en ai partagé trois avec Dora et deux avec la dame qui sent la rose.

Lorsqu'ils furent sur la piste, Galen demanda :

— Tu crois qu'Hector et Dora… ?

Elle les chercha du regard. Ils dansaient ensemble.

— Peut-être…

— Aïe ! Être harcelé par les deux en même temps pour le prochain jeu, ce serait l'enfer ! Mais elle mérite vraiment d'être heureuse. Discute avec elle à l'occasion.

— Je l'ai fait.

— Bien.

— Je n'irai pas chez toi ce soir.

— Alors je te ferai jouir ici.

— Galen !

— Tu sens mon désir ? murmura-t-il à son oreille en l'attirant contre lui.

Elle resta silencieuse. Il posa la main au creux de ses reins, à l'endroit où sa peau était nue, décuplant son trouble.

— Danser n'est pas si désagréable, finalement, plaisanta-t-il. Ah, mais c'est terminé…

La musique s'arrêta, et ils regagnèrent la table.

— Allez, Dora, encore une.

Roula resta avec Hector, qui couvait Dora du regard. Quant à Nico, il avait trouvé une cavalière qui se collait à lui. Parfait. Elle pouvait s'en aller. Elle prit son sac, puis se leva.

Et se rassit. Pourquoi partir alors que ce soir elle se sentait incroyablement vivante ? Elle attrapa son téléphone dans son sac et répondit au texto de Galen.

Oui

Elle reçut aussitôt un émoji réjoui.

18.

— Il faut que tu fermes les yeux, dit Galen en entraînant Roula à travers l'appartement.

Il la conduisit jusqu'à la chambre et la fit attendre un instant.

— Tu peux ouvrir les yeux.

— Waouh !

Elle se força à sourire en découvrant un ensemble de bagages. Ouille, elle qui espérait un cadeau romantique…

— Ces bagages sont très beaux.

— N'est-ce pas ? Ils sont tous garantis à vie.

— Merci. Sincèrement. Je suis… très touchée.

— Viens.

Il lui prit la main et l'emmena sur la terrasse. Décidément, elle aimait Athènes songea-t-elle en admirant la vue splendide, avec l'Olympiéion tout proche et l'Acropole un peu plus loin, tous les deux éclairés.

— Alors ?

— C'est fantastique. Tu ne pourras jamais déménager, dit-elle en souriant. Que pourrais-tu trouver de mieux ?

— J'ai beaucoup de chance. Je le sais.

— Et moi aussi. Je n'avais jamais imaginé qu'un jour je serais capable de… danser, de me faire de nouveaux amis, d'envoyer des textos coquins.

— C'est un moyen de communication particulièrement efficace, plaisanta-t-il avec un sourire malicieux en la prenant dans ses bras. Ces six semaines ont été fantastiques. Enfin, peut-être pas pour toi…

— Elles n'auraient pas pu être meilleures. Je pensais que je devrais faire face toute seule.

Elle avait perdu une famille, mais elle avait gagné de nouveaux amis et une assurance inespérée.

Galen l'embrassa avec une infinie douceur. Elle se doutait qu'il se montrerait très tendre et délicat à présent qu'il connaissait la vérité… Mais il approfondit brusquement son baiser, dévorant sa bouche avec avidité tout en la couvrant de caresses fébriles.

— Rentrons, murmura-t-il au bout d'un moment.

Il ne l'emmena pas dans la chambre, mais dans la salle de bains.

— Nous allons prendre un bain ?

— Remplir la baignoire prend trop de temps. Peut-être plus tard.

— Pourquoi sommes-nous ici, alors ?

Il se mit derrière elle devant le miroir.

— Parce que j'ai envie de te regarder. Nous regarder.

Il commença à dégrafer sa robe tout en parsemant son épaule de baisers. Quand ses seins furent dénudés, elle les contempla dans le miroir. C'était ridicule, mais elle avait l'impression de les voir pour la première fois. Avant elle les cachait. Aujourd'hui ils la fascinaient. Elle regarda les mains de Galen les caresser pendant qu'il parsemait sa nuque puis son dos de baisers.

— J'ai eu envie de faire ça toute la soirée, dit-il en se redressant. Et ça…

Il l'aida à sortir de sa robe, et elle se retrouva en culotte et talons aiguilles.

— Regarde, dit-il en posant les mains sur son ventre.

Ses doigts se glissèrent sous la dentelle de sa culotte, et elle lui confia un secret.

— Autrefois, il y a très longtemps, je me suis caressée en pensant à toi.

— Vraiment ? J'aime beaucoup cette idée…

— Je ne savais même pas ce que je faisais. C'était un matin, et j'avais rêvé de toi.

— Comme ça ?

Il lui prit la main et la guida entre ses cuisses sous la dentelle.

— Non, comme ça.

Elle se retourna et déboutonna sa chemise pour faire ce dont elle avait rêvé autrefois. Couvrir son torse de caresses et de baisers fiévreux. Puis elle s'empara de sa bouche avec fougue, et il déchira sa culotte d'un coup sec. Elle sentit qu'il ouvrait sa ceinture, puis il la saisit par les hanches et la souleva pour mieux s'enfoncer en elle. Ils entamèrent une danse lascive, changeant de position pour se regarder tour à tour dans le miroir jusqu'à ce que la passion les emporte dans un tourbillon inexorable. Ivres de plaisir, ils allèrent ensuite dans la chambre et s'abattirent sur le lit en s'embrassant avec ferveur. Galen se releva pour finir de se déshabiller.

— Il faut que tu pendes ta robe sur un cintre, dit-il alors qu'elle l'enveloppait d'un regard ébloui, allongée sur le lit. Il ne faudrait pas que Leo ait une attaque.

Quelques minutes plus tard, ils étaient de nouveau allongés dans les bras l'un de l'autre. Elle flottait… Oui, Galen avait bien décrit cette sensation l'autre jour…

— À quoi penses-tu ?

— À mes bagages, mentit-elle. Et toi ?

À ta grossesse, dont tu ne me parles pas. Galen réprima un soupir. Il en avait la certitude, à présent. Mais ce qui le perturbait, c'était la conviction qu'elle le savait elle aussi. Et qu'elle était terrifiée. Était-ce pour cela qu'elle avait décidé de partir ? Elle préférait peut-être qu'il ne l'apprenne pas. Qui pourrait l'en blâmer ? Après l'enfer de son mariage, elle avait peut-être envie de liberté.

— À des lignes de code ?

— Non, je me disais que tu n'avais pas ouvert tous tes cadeaux. Il y a aussi un sac à main. Assorti aux bagages.

— Merci. C'est vraiment très attentionné de ta part.

Le cœur de Roula se serra. Avant il était furieux qu'elle s'en aille et à présent il prenait son départ avec sérénité… Elle s'assoupit. Ce ne fut pas le cauchemar qui l'avait poursuivie pendant des années qui la réveilla en sursaut au milieu de la nuit. Ce fut la perspective d'un monde sans lui. Elle écouta ses ronflements légers. Comment pouvait-il dormir alors qu'elle était sur le point de partir ? Elle attendit l'aube pour le réveiller.

— Galen ? Je ne sais pas si je veux vraiment ce poste.

— Pourquoi ?

— C'est arrivé trop vite.

Il l'attira contre lui.

— C'est la seule raison ?

— J'aime Athènes. Je ne m'attendais pas à tomber amoureuse d'une ville.

— Moi aussi, j'ai eu le coup de foudre. Mais il t'arrivera peut-être la même chose avec Londres. C'est une belle ville aussi. Tu sais quoi ? Je vais aller chercher du café et des pâtisseries. Ce sera plus agréable de discuter devant un bon petit déjeuner.

Ce n'était pas la réaction qu'elle espérait !

Elle eut l'impression que son absence durait une éternité, si bien qu'elle était au comble de la nervosité quand il revint avec un grand sac en lançant d'un ton joyeux :

— Petit déjeuner au lit ! Tu veux du café ? J'ai pris aussi du thé à la menthe si tu préfères.

— Oh ! oui, bonne idée.

Il apporta dans la chambre les boissons et un plateau chargé de pâtisseries, puis il annonça :

— Tu n'as pas encore vu tous tes cadeaux.

Il lui tendit le sac à main.

— Tiens, il y a quelque chose dedans.

— Merci.

Une pochette en velours… Elle l'ouvrit le cœur battant. Et un silence magique tomba sur Athènes. Comme s'il y avait de la neige au mois de mai. Parce qu'il n'y avait pas de mots pour exprimer son émotion.

— Cette chaîne appartenait à ma mère. Aujourd'hui elle te revient.

— Pourquoi ? demanda-t-elle d'une voix rauque.

— Parce que je t'aime, Roula.

— Tu m'aimes ?

— Oui. Ton départ me rend malade, mais, si tu veux aller à Londres, je ne chercherai pas à te convaincre de rester.

Il lui mit la chaîne.

— Je t'aime, parce que tu es une femme extraordinaire. Forte, courageuse…

— Galen, je ne suis pas courageuse. Il y a une chose que je ne t'ai pas dite.

— Laquelle ?

— Mes règles ont du retard. Beaucoup de retard.

— Tu as fait un test ?

— Non.

Galen lui tendit un gobelet.

— Va faire pipi là-dedans.

— Pardon ?

— J'ai acheté un test.

— Ah bon ? Mais, comment… ? Tu sais, en principe, je ne peux pas avoir d'enfants.

— Qui t'a dit ça ? Un spécialiste de la fertilité ?

Galen eut une moue sceptique. Il se trouvait qu'il connaissait un peu la complexité du sujet. Mais pas question de parler du long combat de Kristina et de Ruben.

— Non, même pas. Oh ! je me sens tellement stupide… Je t'ai peut-être piégé sans le vouloir.

— Pourquoi piégé ? Je pourrais très bien me contenter de te soutenir financièrement. J'ai le choix entre des tas de possibilités. Mais toi, si tu es enceinte, te sentiras-tu piégée ?

— Non, je serai heureuse de l'être. Avec ou sans toi. Je suis sincère. Je t'aime, mais je préférerais que tu gardes ta liberté plutôt que tu t'imposes une relation avec moi par devoir.

— Eh bien, je vais être franc. Dans l'idéal, je n'aurais peut-être pas choisi d'avoir un enfant tout de suite, mais je me découvre étonnamment ouvert à toutes les éventualités. Je ne sais pas quand je suis tombé amoureux de toi, mais je pense que ça fait un certain temps. Et tu vas encore me reprocher d'être arrogant, mais je ne doute pas que tu m'aimes.

— Oui, je t'aime.

— Depuis quand ?

— Depuis toujours. Pas comme aujourd'hui, bien sûr. Mais autrefois j'étais très attachée à toi. Quand j'ai appris que tu avais quitté Anapliro, ça m'a fait un choc.

— Je vais te montrer quelque chose.

Galen prit la pochette que Roula avait à la soirée et en sortit son dictaphone.

— Mets-le en marche.

— Pourquoi ?

— Hier soir j'ai enregistré un message, que tu devais entendre aujourd'hui en tapant les notes. Écoute.

Elle mit le dictaphone en marche.

Roula, je n'ai pas de bague à te glisser au doigt, mais j'ai caché dans un sac un cadeau qui devrait t'éclairer sur ce que tu représentes pour moi. Pourrions-nous parler avant ton départ ? Je voudrais te dire que je suis amoureux de toi.

— Oh ! Galen…

Elle écrasa une larme de joie qui roulait sur sa joue.

— Mais… le test ? Comment as-tu eu l'idée ?

— Hier, au cours de la soirée, j'ai remarqué tes seins magnifiques et… Nous pouvons décider dès maintenant que nous serons toujours ensemble. Quel que soit le résultat de ce test.

Le moment était venu de le découvrir. Elle alla dans la salle de bains remplir le gobelet, puis elle revint dans la chambre.

— Où est le test ?

— Je m'en occupe. Reste au lit et bois ton thé.

Curieusement, elle avait rarement été aussi sereine. Comment pourrait-elle être angoissée puisqu'ils s'aimaient ?

— Roula ! Tu es enceinte !

Ce cri de joie retentissant l'atteignit en plein cœur. Comme les baisers fervents de Galen qui la rejoignit en sautillant comme un gamin. Elle était amoureuse et enceinte, il ne lui manquait plus qu'une chose. Et comme Galen l'avait rendue courageuse, elle exprima ses désirs.

— Je veux une bague, Galen.

Il interrompit ses baisers.

— Et un mariage, ajouta-t-elle.

— Roula, sur le mariage, j'ai des idées très…

— Je ne veux pas m'appeler Roula Kyrios et encore moins Roula Dra…

— Épouse-moi, coupa-t-il précipitamment.

Jamais ce nom ne serait prononcé dans cette chambre. Ni ailleurs !

19.

Brume sur la mer Égée. Galen enveloppa Roula d'un regard éperdu lorsqu'elle sortit de la chambre. Elle ne pouvait pas porter une autre robe pour leur mariage.

— Oh. Mon. Dieu !

Leo se mit à danser dans la rue quand Roula descendit de voiture une grappe de fleurs de bougainvillier rose vif à la main.

— Elle est habillée en *moi* !

Galen portait le même costume qu'au mariage de Costa et de Mary, qui étaient présents également, bien sûr. Mais pour l'instant, personne ne connaissait le secret des mariés.

— Entrons-nous maintenant ? demanda Mary.

— Ou peut-être..., dit Leo.

Costa resta silencieux, laissant les autres décider.

— J'ai parlé au personnel..., commença Kristina.

Mais Ruben, qui tenait le bébé dans ses bras, intervint.

— Laisse.

— Merci, dit Galen.

Ce mariage, personne n'avait eu le temps de l'organiser. Parfois il fallait agir rapidement.

— Nous vous ferons signe quand vous pourrez entrer. Prête ? ajouta-t-il à l'adresse de sa future épouse.

— Oui, et toi ?

Il hocha la tête, et ils pénétrèrent dans la maison de retraite. Dans le couloir, Roula fut assaillie par une vive émotion à la vue des résidents sur leur trente et un.

La porte de la chambre était ouverte, et Galen se dirigea vers sa grand-mère, qui somnolait dans un fauteuil.

— *Yaya*, dit-il en posant la main sur son épaule.

Elle ouvrit les yeux.

— Chez moi, dit-elle en voyant les fleurs de Roula.

— Oui, elles viennent de chez toi, cueillies ce matin.

Kyria Florakis promena son regard sur la robe de Roula.

— Vous vous mariez ?

— Oui, *yaya*, Roula et moi nous nous marions. Le pope est ici, et il va nous marier devant toi.

— Galen ! s'exclama *kyria* Florakis, les yeux humides. Marié !

— Oui. Je suis amoureux, *yaya*. Et elle m'aime aussi.

— C'est bien.

— Et personne ne le sait pour l'instant, mais nous allons avoir un bébé.

— Avant le mariage ?

— Justement, dans quelques minutes, nous serons mariés. Et nous allons avoir une petite fille.

En réalité, il était encore un peu tôt pour connaître le sexe du bébé, mais parfois il valait mieux mentir.

— Nous l'appellerons Constantina, expliqua Roula parce que Galen était trop ému pour le faire lui-même. Comme sa mère. Et c'est votre deuxième prénom également.

— Oui…

Devant ces deux femmes qu'il aimait plus que tout au monde, Galen laissa couler des larmes d'émotion.

— Je me souviens de tout ce que tu m'as raconté sur *mama*. Je l'aime grâce à toi, la meilleure *yaya*. Je veux être pour mon enfant tout ce que tu as été pour moi. Tu aimais le petit robot que j'étais.

— Ces garçons horribles… Toi, tu es intelligent.

— J'ai eu beaucoup de chance de t'avoir, *yaya*.

Ce fut la plus brève et la plus émouvante des cérémonies de mariage, dans une pièce pleine de souvenirs d'Anapliro.

— Lune de miel ? demanda *yaya*.

— À Noël, répondit Galen. Nous rentrons à la maison pour la naissance du bébé.

— À la maison ?

— Notre maison d'Anapliro.

Épilogue

— Waouh, dit Roula.

Assise sur les marches du *theatron*, elle contemplait la vue. Ils arrivaient d'Athènes et ils venaient de rendre visite à sa mère. Une rencontre qui contre toute attente s'était bien passée. Alors qu'ils rentraient chez eux, ils avaient fait une halte sur la route de la colline.

Galen avait mis des fleurs roses dans le *kandylaki* de ses parents, dont la bougie était toujours allumée.

— Waouh, acquiesça Galen.

Mais ce n'était pas devant la vue qu'il était en admiration. C'était devant deux adorables yeux bleus dans un petit visage tout rouge.

Une semaine plus tôt, Leo et Deacon, ainsi que Costa et Mary – accompagnés du petit Costa, bien sûr –, avaient tout laissé tomber pour rendre visite aux heureux parents et à leur nouveau-né à l'hôpital. Kristina était venue également. Ainsi que Dora et Hector ! Mais il y avait encore plein de gens à qui présenter leur fille.

— J'ai le signal, annonça Roula.

— Parfait, dit Galen sans quitter leur fille des yeux.

Il fallut un temps fou pour envoyer le message groupé à Yolanda et Stephanie, à Joe et Nico, aux employés du rez-de-chaussée, plus à une foule d'autres amis qui attendaient avec impatience de découvrir la frimousse de Constantina Pallas.

— Et maintenant on rentre à la maison, dit Galen.

Vous avez aimé *L'assistante d'un Grec* ?
Retrouvez en numérique l'histoire de Costa,
l'ami et associé de Galen.

1. *Une maîtresse si délicate*
2. *L'assistante d'un Grec*

Retrouvez prochainement,
dans votre collection

AZUR

Leur royal secret, de Lynne Graham - N°4499
Fière et indépendante, Gaby a toujours su combien Angel Diamandis pouvait être dangereux pour son cœur. Toutefois, rien ne l'a préparée à la passion qui s'empare d'elle quand elle se retrouve dans le lit du prince. Entre eux le désir est vif et ses conséquences, irrémédiables. En effet, un an plus tard, Gaby doit présenter à Angel le secret de leur folle aventure – un fils !

L'amant d'une innocente, d'Annie West - N°4500
Victime de menaces, Lola ne voit qu'une personne vers laquelle se tourner : Niall Pedersen, un magnat de la sécurité qui est aussi le meilleur ami de son frère. Si elle nourrissait autrefois pour Niall un béguin d'adolescente, c'est une passion dévorante qu'il éveille en elle à l'occasion de leurs retrouvailles. Tandis qu'elle séjourne chez lui, dans sa luxueuse demeure australienne, Lola perd vite la raison en devenant la maîtresse de son protecteur…

Tête-à-tête avec un Grec, de Michelle Smart - N°4501
Keren a fui l'île d'Agon le cœur brisé, convaincue que son mariage était terminé. C'est donc avec émotion qu'elle y retrouve Yannis, dix-huit mois plus tard. Si elle sait qu'il est temps pour eux d'officialiser leur séparation, son époux grec lui propose un marché. Il signera les papiers du divorce à la condition qu'elle reste trois jours avec lui. Un tête-à-tête qui ravive aussitôt le souvenir de la tragédie qui les a séparés mais aussi la passion brûlante qui les liait autrefois…

L'été d'un prince, de Katrina Cudmore - N°4502
Journaliste passionnée, Toni Clarke a une opportunité formidable : interviewer Ivo, le très secret prince de Monrosa. Alors qu'elle est autorisée à l'accompagner sur sa propriété, une *finca* méditerranéenne qu'il habite au milieu des oliviers, elle découvre l'homme derrière le souverain. Et la passion entre ses bras… Coupés du monde, ils partagent des moments intenses et inoubliables, si bien que Toni se demande comment elle parviendra à renouer avec la réalité, si éloignée d'un conte de fées…

L'enfant d'un disparu, de Tara Pammi - N°4503

Priya est sous le choc. L'homme qui se tient devant elle n'est autre que son mari, qu'elle croyait mort huit ans plus tôt ! Revoir Christian bouleverse son univers tout entier. Car, si leur mariage est resté pour elle un mirage, leurs retrouvailles sont plus réelles que jamais. Malgré le doute et les questions qui l'assaillent, Priya sait qu'elle va devoir révéler à Christian que durant sa trop longue absence tous deux ont eu un enfant. Un fils qui aujourd'hui a besoin de son père…

La protégée du magnat italien, de Chantelle Shaw - N°4504

Parce qu'il connaît le monde impitoyable des affaires, Daniele a promis de veiller sur Paloma Morante, l'héritière d'un empire. Mais ses retrouvailles avec la jeune femme lui rappellent les raisons pour lesquelles il l'a tenue à distance si longtemps. Audacieuse et sexy, sa protégée est la tentation incarnée ! Or s'il lui a proposé de l'épouser c'est uniquement pour assurer sa sécurité, de jour comme de nuit…

Éprise d'un aristocrate, de Rebecca Winters - N°4505

Embauchée pour rénover une fabuleuse demeure de Provence, Camille tombe immédiatement sous le charme de Raoul Fontesquieu, le maître des lieux. L'homme est toutefois hors de sa portée. Non seulement il vient de se découvrir un fils auquel il souhaite se consacrer pleinement mais, surtout, il est issu de l'aristocratie. Si deux mondes les opposent, Camille et Raoul se rapprochent pourtant, corps et âme, jusqu'à douter de pouvoir vivre l'un sans l'autre…

Un cheikh envoûtant, de Pippa Roscoe - N°4506

SÉRIE : *PRÉCIEUX HÉRITAGE* - 2/3

Star Soames s'est donné une semaine pour chercher au royaume de Duratra la mystérieuse clé qui la mènera aux bijoux disparus de sa famille. Or, alors que sa quête la conduit au palais royal, elle y fait la connaissance d'un sublime inconnu, dans les bras duquel elle s'autorise une nuit de passion. Quelle n'est pas sa stupeur de découvrir le lendemain qu'il n'est autre que Khalif al-Azhar, l'héritier du trône ! Envoûtée par son aura magnétique, Star accepte de le suivre dans le désert…

Le baiser du Cap, de Joss Wood - N°4507

SÉRIE : *SCANDALE EN AFRIQUE* - 1/3

« Si je t'embrasse, il n'y aura pas de retour en arrière possible… » Face au sublime Radd Tempest-Vane, Brin retient son souffle. Jamais elle n'a été aussi troublée par un homme, or celui-ci s'avère être son employeur ! Recrutée par Radd pour parer de fleurs le Kagiso Lodge, sa luxueuse villa sud-africaine qui abritera le mariage de l'année, Brin doit garder son sang-froid. Ce contrat pourrait en effet lancer sa carrière, ou la briser si elle perd la raison dans les bras de ce milliardaire qui lui sera à jamais interdit…

La reine du Nabhan,
de Julieanne Howells - N°4508

Pour prouver l'innocence de son frère, Lily est prête à tout – et même à se faire passer pour la fiancée de Khaled, futur roi du Nabhan. Certes, elle n'a rien d'une princesse, mais elle n'aura aucun mal à feindre d'être amoureuse de Khaled, alors que celui-ci la bouleverse d'un seul regard. Mais tandis que tous deux se rapprochent, jusqu'à succomber à la passion dans les bras l'un de l'autre, Lily comprend qu'elle a mis en danger son cœur en prenant part à ce jeu si troublant…

Entre les bras de Marco Ferranti,
de Kate Hewitt - N°4509

Marco Ferranti lui propose de l'héberger pour la nuit ? Malgré le calme qu'elle s'efforce d'afficher, Sierra sent une puissante fureur monter en elle. Cet homme arrogant et imbu de lui-même croit-il vraiment qu'après l'avoir humiliée de la pire des façons – en obligeant son père à la déshériter à son profit – il va pouvoir la mettre dans son lit ? C'est tout simplement hors de question ! Pourtant, alors que les inondations qui touchent la Sicile l'empêchent de repartir, Sierra se voit contrainte d'accepter. Mais elle se tiendra sur ses gardes, elle s'en fait la promesse. Car elle n'a pas confiance en Marco et ne peut se fier aux sentiments contradictoires qu'elle a toujours éprouvés pour lui…

PASSIONS

Rêve. Trahison. Tentation.

Un homme et une femme.
Deux héros que tout oppose.
Ils n'ont rien en commun…
Ils ne croient plus en l'amour…
Ils sont amants… Ils sont rivaux…
Ils n'étaient pas censés s'aimer.
Et pourtant…
Ils vont renouer avec la passion.

6 livres à découvrir tous les mois.

DIVERTIR • INSPIRER • ÉMOUVOIR

HARLEQUIN
www.harlequin.fr

RESTEZ CONNECTÉ AVEC HARLEQUIN

Harlequin vous offre un large choix de littérature sentimentale !

Sélectionnez votre style parmi toutes les idées de lecture proposées !

www.harlequin.fr

- **Découvrez** toutes nos actualités, exclusivités, promotions, parutions à venir…
- **Partagez** vos avis sur vos dernières lectures…
- **Lisez** gratuitement en ligne
- **Retrouvez** vos abonnements, vos romans dédicacés, vos livres et vos ebooks en précommande…

L'application Harlequin

- Des **ebooks gratuits** inclus dans l'application
- **50 nouveautés tous les mois** et + de 7 000 ebooks en téléchargement
- Des **petits prix** toute l'année
- Une **facilité de lecture** en un clic hors connexion
- Et plein d'autres avantages…

Téléchargez notre application gratuitement

Télécharger dans l'App Store

DISPONIBLE SUR Google Play

SUIVEZ-NOUS !

facebook.com/HarlequinFrance
twitter.com/harlequinfrance

VOTRE COLLECTION PRÉFÉRÉE DIRECTEMENT CHEZ VOUS

Vous souhaitez découvrir nos collections ? Une fois votre colis de bienvenue reçu, si vous souhaitez continuer à recevoir nos livres, cela se fera automatiquement. Vous n'avez aucune obligation d'achat et cette offre est sans engagement de durée !

Dans votre 1er colis, 2 livres au prix d'un + 1 cadeau

☛ COCHEZ la collection choisie et renvoyez cette page au
Service Lectrices Harlequin – CS 20008 – 59718 Lille Cedex 9 – France

Collections	Prix 1er colis	Réf.	Prix abonnement (frais de port compris)
❑ **AZUR**	4,75€	AZ1406	6 livres par mois 31,49€
❑ **BLANCHE**	7,30€	BL1603	3 livres par mois 24,85€
❑ **HISTORIQUES**	7,30€	LH1202	2 livres par mois 17,49€
❑ **PASSIONS**	7,80€	PS0903	3 livres par mois 26,49€
❑ **BLACK ROSE**	7,90€	BR0013	3 livres par mois 26,79€
❑ **HARMONY***	5,99€	HA0513	3 livres par mois 20,76€
❑ **NORA ROBERTS***	8,90€	NR2403	3 livres tous les 2 mois, prix variable**
❑ **SAGAS***	7,99€	SG2303	3 livres tous les 2 mois 29,46€
❑ **VICTORIA**	7,80€	VI2115	5 livres tous les 2 mois 42,09€
❑ **GENTLEMEN***	7,50€	GT2022	2 livres tous les 2 mois 17,95€
❑ **HORS-SÉRIE***	7,70€	HS2812	2 livres tous les 2 mois 18,45€

*livres réédités / **entre 28,79€ et 31,39€ suivant le prix des livres

F22PDFM

N° d'abonnée Harlequin (si vous en avez un) ⎿⏌⎿⏌⏌⏌⏌⏌⏌⏌⏌

Mme ❐ Mlle ❐ Nom : ____________________

Prénom : ____________________ Adresse : ____________________

____

Code Postal : ⎿⏌⏌⏌⏌⏌ Ville : ____________________

Pays : ____________________ Tél. : ⎿⏌⏌⎿⏌⏌⎿⏌⏌⎿⏌⏌⎿⏌⏌

E-mail : ____________________

Date de naissance : ____________________

Date limite : 31 décembre 2022. Vous recevrez votre colis environ 20 jours après réception de ce bon. Offre soumise à acceptation et réservée aux personnes majeures, résidant en France métropolitaine, dans la limite des stocks disponibles. Prix susceptibles de modification en cours d'année. Vous pouvez demander à accéder à vos données personnelles, à les rectifier ou à les effacer. Il vous suffit de nous écrire en nous indiquant vos nom, prénom et adresse à : Service Lectrices Harlequin CS 20008 59718 LILLE Cedex 9. Service Lectrices disponible du lundi au vendredi de 9h à 17h : 01 45 82 47 47.

Harlequin® est une marque déposée du groupe HarperCollins France – 83/85, Bd Vincent Auriol – 75646 Paris cedex 13. SA au capital de 1 147 680€ – R.C. Paris. Siret 31867159100069/APE5811Z.